——————— 想象，比知识更重要

幻象文库

如果我们撑在25岁死去

[日] 砂川雨路 —— 著　丁丁虫 —— 译

新星出版社

目 录

- 1 模范的幸福
- 33 讨厌的前夫
- 63 美丽的结局
- 85 母亲与孩子
- 129 新娘与新娘
- 193 佳南的初恋
- 256 译后记

模范的幸福

二十五年。

人类的平均寿命。

这是平均值。有人能活到将近三十岁，也有人二十岁左右就过世了。总之人的一生大致是二十五年。

阿尔卡从没认真想过寿命的问题。

和大家一样，出生后半年就被送到"儿童之家"直至长大，上学的同时开始寄宿生活。初中时收到父母相继过世的通知，不过也没什么特别悲伤的情绪。据说父母的享年分别是二十四岁和二十五岁。

很久以前，人类好像可以活到近百岁。课本上说，随着年龄增长，皮肤会出现很多皱纹，头发也会变白，或者变成秃顶，内脏器官和关节功能都容易出现异常。但课本上并没有照片之类的视觉性信息，所以阿尔卡并不知道那是什么样子。

一百岁……自己还能控制自己的身体吗？整个社会都

是那样的超高龄者,还能运转起来吗?

尽管无法想象那样一个满是濒死人类的世界,但阿尔卡还是禁不住笑了起来。

自己不用活到满脸皱纹的那一天,真是太幸福了。

阿尔卡一边想着这些没什么意义的事,一边在厨房里收拾餐具。

盘子放进橱柜,刀叉收进抽屉。发放的餐具都是两人份的。当然,自己也可以在市场上多买几份,但随着家庭成员的增加,餐具也会按人头发放,所以直接用发放的餐具更划算。

"阿尔卡,你的行李收拾好了吗?"

从隔壁卧室里探出头来问的是高木。他是阿尔卡的丈夫,两个人昨天刚举行婚礼。高木和阿尔卡同龄,都是十五岁。他有着黑色的头发和眼睛。

"嗯,也没那么多行李。"

"我在卧室里做了个书架。学校里用过的课本和笔记都放到这儿来吧。"

"课本拿去回收了。笔记送给学弟学妹了。"

"书包也没有吗?"

"离开宿舍的时候就扔了。反正也不会再用了。"

阿尔卡的回答让高木略微有些惊讶,他放声大笑起来。

"你真是太洒脱了。"

被高木这样一笑,阿尔卡有点不解。洒脱?自己吗?

"课本和书包确实都没用了吧?上班的时候不是会发新包吗?难道你还要用书包?还会翻看学校的课本和笔记吗?"

"哎,估计不会用,也不会翻看,不过那是回忆啊。"

"不是有毕业纪念册吗?足够回忆了。"

听到阿尔卡的回答,高木说了句"这样啊",一直笑个不停。阿尔卡挠了挠头,怀疑自己是不是说了什么奇怪的话。不过高木笑得很开心,算是好事吧。

昨天刚刚认识高木。为了和他成为关系亲密的夫妇,需要彼此深入了解对方。阿尔卡希望建立相互宽容的关系,而不是小心谦让的生活。能够在这些琐碎的话题上共同欢笑,似乎是个好兆头。

收拾好餐具,把烹饪用的锅铲放在水池里清洗干净,阿尔卡直起身子。厨房收拾好了。客厅里除了配备的家具,没什么其他东西,也收拾得很整齐。两个人从宿舍带过来的随身物品大同小异,接下来只要把这些搬进卧室,整理干净,搬家工作就结束了。

"咦?"

阿尔卡看到餐桌上有个盒子。那不像是配发物品的纸盒。打开一看,里面是一对蓝色的马克杯,上面用古色古香的字体印着阿尔卡和高木的名字。配给品清单中没有这对杯子，看来是高木准备的。

从小生活在宿舍里，基本上没有可供自由支配的钱财，不过给宿舍和学校帮忙的时候也能得到一点零花钱。高木是用自己挣的钱买了这对杯子吧。三个月前才知道结婚对象是谁，可能他一听说对象的名字，就去订购了。为了两个人的新生活。

"没想到你这么体贴。"

阿尔卡咯咯地笑着说，开心地把马克杯放到架子上。对于连结婚戒指都是配发的夫妻来说，成对的马克杯才是自己独有的特殊物品。

中央五区，新建不久的二室一厅公寓。配备家具，配发日用品。市场就在附近，工作单位也都是徒步五分钟的距离。

从今天开始，阿尔卡和高木就要在这套房子里生活了。十五岁夫妻的新生活。

阿尔卡在学校里学过，大约五百年前，一颗陨石落到了这个星球上，撞击地点在沙漠里，距离阿尔卡现在生活的这个岛国大约有一万七千公里。

接下来的百年里，世界人口减少了一半，原因是体内积蓄了无法排出的毒素。人体不能分解这种毒素，当积蓄到一定程度时，生命机能就会缓慢下降，直至死亡。

毒素的源头正是那颗陨石。准确地说，是附着在陨石上的未知细菌的代谢产物。

当时的研究者没能注意到那种细菌，导致细菌在随后的短短几年间呈爆发式增长，遍布了整个星球。从此，那种被命名为 T-Macro 的细菌便在地球环境中扎下了根。积累的毒素渗入土壤，将整个星球变成了有毒的大地。从这时起，人类的生活也开始发生巨大的变化。

面对前所未有的危机，人类终于停止了纷争，团结为一体。统一政府就此成立。为了提高生存率，每个人的生活都被纳入管理。再后来，经过研究者们的努力，人类的身体终于得以承受这种毒素，直至大限来临。大限就是当今的平均寿命，大约二十五年。

人类出生在有毒的环境中，伴随着毒素成长。

十五岁就业与结婚的制度，也是在统一政府管理下推行的世界性政策。人类在二十五年的寿命中，可供生育的时期只有短短十年，因而必须防止挑选伴侣和工作的过程损害妊娠生育的机会。

将婚姻和工作纳入管理，是一种有效的延续种族手段。孩子出生后半年便离开父母，在养育机构和宿舍里开始集体生活，十五岁时和规定的对象结婚，去规定的单位工作，并且被鼓励在一生中多多生育。

如果考虑整个人类的历史，二十五年的平均寿命可能太短了，但阿尔卡并不知道其他的社会是什么样子。她和班级与宿舍里的所有人一样，怀着对结婚和工作的憧憬长大。新生活的开始，就像是一场华丽冒险的开端，令人兴奋。对阿尔卡来说，未来是光辉灿烂的。

搬家的当天，阿尔卡和高木去了旁边的市场，买了盒饭做晚餐。

第一次去市场很开心，但烧饭做菜只在实习课上做过。高木也是一样。所以两个人放弃自己烧菜，买了现成的。

在宿舍的时候也是这样吃饭的。市面上销售的盒饭营养均衡，有益健康。有这样的盒饭，也就不需要强迫自己烧饭做菜了。

两个人对坐在餐桌前，开始第一次共进晚餐。他们很少在学校和宿舍之外的地方吃自己买的东西，感觉非常新鲜。

"很好吃。"

"嗯，好吃。"

米饭、肉丸、炒青菜。另一个盒子里还有满满的蔬菜沙拉。配菜是煮得烂烂的通心粉和泡在芝士酱里的西蓝花。都是宿舍餐食里的常客，但市场里卖的别有一番风味。

"你以前的宿舍怎么样？"

高木这么一问，阿尔卡歪头想了想。

"什么怎么样？是说设备吗？"

"嗯，对。"

阿尔卡来自中央区，高木应该是南方区的。

"我猜和你那边差不多，中央区的宿舍是男女分开的，和学校在一起。幼年时五六个人一间，十岁时住四人间，十二岁以上是两人间。每个房间都有洗澡间，不过我一般都用大浴室。食堂里有张大餐桌，所有住宿生都坐得下。"

"哎，真好呀。我们那边十二岁以上还要住四人间。房间里也有洗澡间，但食堂按年级分成三个地方。"

"是吗？南区的人很多呀。"

"学校不分男女吧？"

"嗯。不过班级是分男女的。男生女生只有在上大课的时候才会在一起。"

男女分班可能是为了禁止恋爱。结婚对象由政府决定，在毕业前三个月通知到个人。听说绝大多数情况下匹配的都是其他地区的人。

"在学校开心吗？"

高木把阿尔卡问笑了。丈夫的问题真多。

"开心呀。我有好多好朋友。你呢?"

"嗯,我也很开心。有四个朋友从儿童之家的时候就在一起,后来又一直住在同一个房间,每天都像开派对一样。"

"那房间里肯定很吵。"

阿尔卡笑着说,高木也笑了。相互谈论自己的回忆,果然能够迅速推动交流。夫妻的相互理解也很重要。

"对了,说起来是先确定工作单位,还是先确定结婚对象?应该还是会把单位距离近的人匹配在一起吧。"

高木的话让阿尔卡若有所思。

"不知道呀……我写过想去的工作单位,但未必会满足我的愿望。可能还是优先匹配结婚对象吧。"

"我们的遗传基因信息全都有记录的吧?也就是说,匹配的时候可能也考虑了更容易生孩子的适应度。"

"应该是。"

中学时代最关心的问题就是结婚对象的匹配。分配的对象绝对不能拒绝。匹配的标准也没有公开。这些都让人更加好奇。

"也许政府认为我和高木很般配。"

"虽然不知道具体标准,但能和你配对,我很高兴。"

这话该怎么回答才好呢?阿尔卡迟疑着咀嚼口中的饭粒时,高木像是忽然想起什么似的。

"对了,这个通心粉,通常都不放土豆的吗?"

阿尔卡瞪大眼睛,惊讶地回望高木。

"通常不放的呀。你那边放吗?"

"嗯,从小吃的通心粉里面都会放土豆。"

"不可能!"

菜单应该都是熟悉的菜单,但不同地区的做法好像不一样。如果加了土豆,感觉就不能享受通心粉的口感了,那不是变成像沙拉一样了吗?

"加了土豆的也很好吃,绝对推荐。"

成长环境的不同,正是在这些琐碎的地方体现出来。真有趣呀,阿尔卡想,下次也做加土豆的通心粉看看吧。至于制作方法,在便携终端上应该能查到。

"明天都要上班了。高木的工作是制造汽车零部件吧?男生都喜欢,很厉害呀。"

"嗯,很幸运地实现了愿望。阿尔卡呢?你是在食品工厂?"

"面包,是面包。生产面包,批发给宿舍和学校的。多余的面包好像还会分给员工。"

"哎,能省伙食费了。"

看着高木天真无邪的笑容,阿尔卡想,刚才自己应该回答说,"能和你配对,我也很高兴"。那样肯定感觉更好。

那天晚上,两个人睡在同一个卧室的两张床上。从今天开始就是夫妻了。但阿尔卡感觉两个人还是像室友一样。

"阿尔卡。"

关灯后过了半晌，黑暗中，高木从旁边床上伸过手来。

"怎么了？"

"……没什么。"

手立刻缩了回去。应该握住那只手吗？阿尔卡模模糊糊地想着，随后进入了梦乡。

阿尔卡上班的面包厂离家不远。那一带开设了许多工厂，员工们的住宅也排得密密麻麻。

实际上阿尔卡自己更希望从事服务业，而不是制造业。比如说商场的店员，订购商品、陈列商品之类的工作。要是说得更有野心一点儿，自己还希望能做进口商品店的店员。这是女生很喜欢的工作，应该有很多申请者。阿尔卡也申请了，但接到的通知是面包厂的工作。

"听说二十岁之前都可以换工作，继续提交转职申请吧。"

阿尔卡走在去单位的路上，一个人喃喃自语。姑且先做好手头的工作。虽然不是自己想做的工作，至少进入全新的环境也让人心中雀跃。

工厂里聚集了上百名年轻人,和阿尔卡一样都是从今天开始上班的。有男有女,不过都穿着食品卫生用的白大褂,只能看到眼睛。

"接下来宣布各位的部门。男女分开工作。"

在入职仪式的致辞中,男性厂长说。长年生活在只有女孩子的环境里,果然还是和女生在一起比较轻松,男女分开工作真是太好了,阿尔卡想。她被分配到的是生产面团的部门,设备位于工厂最里面。

"二十三岁和二十四岁静悄悄过去了。有新人补充进来真是太好了。"

在部门会议上,担任科长的女性这样对阿尔卡和其他五名新员工说,

"这里的工作都不难,应该很快都能上手。另外原料都很重,可以锻炼肌肉。"

肌肉这个词让新员工们面面相觑,不知道该做什么反应。

"中午可以随便吃废弃的面包,不过还是推荐自带饭团或者面条。"

其他老员工笑着打断了科长的话。

"要是连中午都在吃面包,估计一个星期下来再看到面包就要吐了。"

"看到都想吐的东西，更不想做了。"

"还有会胖很多，如果一个劲儿地吃面包。"

另一名老员工隔着白大褂捏了捏肚子上的肉给大家看，新员工们终于忍不住笑了起来。看来不光是自己，大家都很紧张。老员工们亲切接纳新员工的样子，让阿尔卡松了一口气。

第一天非常顺利。她学习了怎么向储藏小麦粉的筒仓里补充原料，也学习了怎么操作机器。工厂里绝大部分工序都是自动化的，但还是需要依靠人工监视。由于工厂规模很大，所以需要保持相应数量的人员。从制作面团到初次发酵，都是阿尔卡她们的工作。

工作的第一天，老员工们耐心地传授工作技能，消除了阿尔卡和新员工们的不安。工作中还有人问，"有没有人感觉不舒服？"据说是因为偶尔会有人对小麦过敏。这样的人员会马上办理换工作的手续。

"也就是说，不过敏的人就不能换工作吗？"

阿尔卡低声嘟囔了一句，不过此时此刻她对工作也没有任何不满。开明的工作环境令人愉悦，这让她换工作的愿望也没那么强烈了。

"对了，记得带晚饭和饭团的大米。"

两个人约好今天的晚餐由阿尔卡买。另外阿尔卡也打算听从老员工的意见，从明天开始带饭团当午饭。今天中午，新员工全都吃了废弃的面包。新鲜出炉的面包很好吃，但如果每天都吃，确实会变胖的。

"还需要冷藏的蔬菜和水果。"

在市场里，阿尔卡把盒饭和其他需要的东西放进篮子。付款可以用工资卡结算。虽然在第一次工资日之前不能乱花，不过卡里已经打了钱，足以购买最低限度的日用品。对了，尝试一下高木说的加土豆的通心粉吧。阿尔卡拿起一包通心粉，心想。高木肯定会高兴的。

双手提着购物袋回到家，高木已经回来了。今天也是他第一天去汽车零部件工厂上班。

"高木，我回来了。你很早呀。"

"嗯，阿尔卡，欢迎回来。"

高木坐在餐厅的椅子上，看到阿尔卡便笑着站起身来，从她手里接过购物袋。

他看上去有些无精打采。是错觉吗？

"高木，怎么了？"

"唔……"

高木移开视线，把东西拿去了厨房。过了一会儿，他拿着盒饭回来了。

"我把要冷藏的东西都收好了。你还给我买了通心粉和土豆呀。"

"嗯，我想明天试着做做看。还买了芝士和奶油。"

高木露出微笑，但神色间还是有些阴郁。发生了什么？

"高木，吃饭吧。"

"啊，好。"

一边吃，高木一边断断续续地讲了今天发生的事情。

"我听说过老员工都很凶，不过因为单位很热门，凶一点儿也正常吧，我以为。"

"骂你了？动手打你了？"

"不，是我不好。交给我的工作，我有点粗心，跳了步骤。肩膀挨了一拳。"

"这不就是打人吗？"

高木说不出是什么表情。阿尔卡有点焦躁，但那不是对高木的，而是对那个没见过面的老员工。

"打人总是不对的。如果再这样对你，你马上去行政府劳工科报告，可以帮你换部门或者换工作。"

"阿尔卡，这就太夸张了，不至于那样做……硬要说的话，我觉得自己太没用了。"

高木低下头，放下叉子。

"好不容易进了自己喜欢的单位，结果第一天就没做好。"

"不要这么想。"

"我觉得也很对不起你。有我这样的丈夫,你也会很丢脸。"

听他这么一说,阿尔卡愣住了。就算高木在工作中失败了,就算由此受到嘲笑辱骂,和自己有什么关系呢?有什么必要向自己道歉呢?

但高木似乎认为,自己的失误会让阿尔卡蒙羞。

"因为我们是夫妻?"

阿尔卡下意识地脱口而出。高木盯着阿尔卡的脸,畏畏缩缩地点了点头。

"有个做不好工作的丈夫,你会被同事和邻居嘲笑吧。"

"没人会那么说的。就算有,也不用搭理。"

"而且我也不想被阿尔卡看不起。"

高木又低下头。阿尔卡盯着他心想,高木似乎认为夫妻就要同生共死,甘苦与共。

或者说,至少高木不想被阿尔卡讨厌,所以他想做个了不起的丈夫。

两个人知道彼此大约三个月。一起生活刚刚第二天。虽然夫妻彼此还有无数不知道的事情,但高木似乎已经对阿尔卡产生了依恋。

"我不会看不起你的。绝对不会。不管发生什么,我都会站在你这边。"

阿尔卡挤出笑脸。为了让高木安心。

"高木,你是个很认真的人。如果第一天工作就这么消沉,就会变得畏畏缩缩,明天也会失败的。今天好好吃饭,多聊聊天,然后睡个好觉。明天一切都会好起来的。"

"是吧……"

"嗯,一定会的。吃吧,快吃吧。"

阿尔卡握住叉子,往嘴里塞了一大口通心粉。看到她津津有味吃东西的样子,高木也终于露出安心的微笑。只要自己在笑,丈夫也会笑。夫妻一定就是这样的。

晚秋时节。自阿尔卡和高木结婚以来已经过了两个月。工厂的路旁种植的行道树都染上了秋色,正是落叶的季节。

阿尔卡已经熟悉了工作环境,工作很顺畅。起初颇为不安的高木,每天也开始精神抖擞地去上班,似乎很少被老员工骂了。两个人都是星期天休息,所以休息日当天可以散散步、做做饭,随意度过。

阿尔卡感觉高木已经从原本一无所知的陌生人,变成了自己最亲近的人。那是和朋友略有不同的亲密关系。

这一天,学生们来到阿尔卡工作的面包厂参观学习。好像是中央区的中学生来参观工厂。阿尔卡想起在学校的最后一年，快要申请工作单位时，有很多这样的活动，不过每年去的地方都会有变化，所以阿尔卡那时候并没有参观过这座工厂。

"高田老师。"

趁阿尔卡休息时过来看她的，是率队前来参观的高田老师。高田也是阿尔卡以前的班主任。

"阿尔卡，你现在过得很好吧。"

高田用略带担心的表情看着阿尔卡。在学校的时候，阿尔卡就觉得他是位温文尔雅的老师，也可能是因为年纪相当大的缘故。

高田今年三十岁，属于长寿种。这类人的数量不到总人口的百分之一，生存寿命远远超出平均寿命。好像是在基因层面上能够耐受 T-Macro 的毒素。据说统一政府和各地行政府的首脑都是由珍贵的长寿种担任，不过高田自己却是一位沉静平和、毫无野心的教师，阿尔卡也从没觉得他是什么高高在上的人。

"谢谢您，我已经熟悉了这份工作。老员工们都很亲切，工资也很高。这是个很好的工作单位。也请老师推荐给学生们。"

"那太好了。你和你的伴侣相处融洽吗？"

这是个必然会问的问题，阿尔卡满怀自信地回答说，

"很融洽。丈夫高木出身南方区，性格认真，为人踏

实。我们相处得很好。"

阿尔卡的回答,让高田的表情更加柔和,像是为学生的近况感到由衷地安心。

"老师,您还去参观了别的工厂吗?"

"嗯,上周去了中央四区的蔬菜加工厂。"

"啊,卢娜在那里吧?"

卢娜是阿尔卡的朋友,从中学开始就住在同一个宿舍。

"嗯,卢娜在那家工厂工作,不过她身体不舒服,正在休息。"

听到身体不舒服这个词,阿尔卡不禁心头一惊。自己刚满十五岁,卢娜也应该下个月才十五岁。距离大限还很早,但……

"你应该和她联系一下。卢娜肯定很开心。"

"好的,我去联系。"

回想起来,结婚两个月以来,自己一直忙于适应新生活,没时间和老朋友们联系。明明配发的手机里都存着同学和舍友的联系方式。

送别高田老师,阿尔卡回到下午的工作岗位,心中想着要给卢娜打个电话,还要问问自己能不能去探望她。

下班走在回家的路上,阿尔卡就等不及地打起了电话。刚响了两声,卢娜就接了。

"阿尔卡？好久不见。"

听到熟悉的朋友声音，阿尔卡很高兴。虽然刚刚两个月没见，但感觉像是已经到了宇宙尽头似的。

"卢娜，身体怎么样？今天我见到高田老师了。听他说，你身体不舒服，休息在家。"

"哦。"卢娜的声音里带着笑意。

"我也不想休息，但是蔬菜的味道太难闻了。"

"哎？这样啊？是体质有冲突吗？最好还是换个工作吧。"

"我想应该只是暂时的……孕吐吧。"

阿尔卡一时不知道该说什么。孕吐，也就是说，卢娜怀孕了。因为孕吐很难受，所以临时休假。

"没想到这么难受，我也很吃惊。不过我们单位因为孕吐请假的人很多，休假很容易批准，也算走运。"

"这、这样啊。总之恭喜你了，太厉害了。"

阿尔卡慌慌张张地祝贺，卢娜羞涩地笑了起来。

生孩子是夫妻的义务。为了防止人口减少、延续种族，一对夫妻至少要生两个孩子。据说生得越多，社会保障的福利就会越好。

阿尔卡的心里明白，但不知为什么，总不能套用在自己身上。虽然和高木的新生活很快乐，但从没有把他视为自己的性爱对象。至今都没有过肉体接触。

和高木生孩子，履行夫妻的义务——总觉得这是没有现实意义的空想而已。

与此同时，阿尔卡也想到了高木。过去两个月，两个人就像关系很好的室友一样生活在一起。高木是怎么想的呢？他从没有说过这方面的话题。

一边和卢娜通话，阿尔卡一边想，我们是不是没有考虑过自己的义务？也许是太沉迷于摆脱宿舍和学校的束缚了，忽视了身为成人该做的事。已经十五岁了，却还依然像个孩子。

"阿尔卡，你回来了？"

阿尔卡猛然抬头，发现自己已经到了自家的公寓楼前。高木也刚好回来，手里拿着两人份的晚餐盒饭袋子。

"高木。"

"怎么了？"

"我们是不是该生孩子了？"

高木一脸惊讶，迅速望了周围一圈。阿尔卡也明白，这话不方便让邻居听到。

"怎么突然这么问？"

"我们从来没有讨论过这件事。不过学校里学过，生孩子是维持人口的重要环节。而且我们都已经成年了，也差不多该考虑了。"

阿尔卡觉得自己的话言不由衷。被卢娜怀孕的事实影响，心里难免有些慌乱。两个人并肩走上楼梯，高木回答说：

"和我可以吗？"

这是在说什么哪。阿尔卡看着身旁的高木。

"你是我的丈夫，除了你，我不会和别人生孩子。"

"说得是没错，不过我不是这个意思。唔，很难表达。"

高木懊恼地笑了笑。

"这是情绪上的问题。我们认识的时间还不长，你和我能行吗？"

"你不行？"

"我行的呀。"

高木羞涩地低声回答。也许所有这些话都是顾及着阿尔卡的心情吧。之所以之前没有说过，肯定也是为阿尔卡着想。

但这样并不能完成夫妻的义务。都是十五岁的成年人了，不能只顾着自己的快乐。阿尔卡带着些许急躁说：

"我们试着生个孩子吧。可能一下子不行，但我还是想挑战试试。"

"只要你愿意，我没有意见。"

"听说生得越多，退休后的社会保障也会越好。那样的话，到了二十三四岁的时候，就可以和高木一起过上悠闲的生活了。"

"嗯，是啊。"

高木点点头。脸上一直带着困惑的笑容。

三个月转眼过去，很快两个人在一起生活已经半年了。时值隆冬，阿尔卡裹紧大衣，匆匆往家赶。用工资买的大衣很暖和，比学生时代配发的衣服款式更新颖，也更中阿尔卡的意。她把衣领高高竖起，快步走在路上。

"阿尔卡，怎么了？"

高木在家里。他下了班早早回来了。阿尔卡笑了起来，回答说，

"我怀孕了。有宝宝了。"

"太好了！太好了呀，阿尔卡。"

高木冲过来紧紧抱住阿尔卡的身体。阿尔卡的手臂环到他背后，回以拥抱。开心得几乎要哭了。从考虑生孩子到现在的三个月里，这是两个人一直期待的消息。

"干一杯吧，庆祝怀孕。"

"嗯，好，来吧。"

高木用小锅煮了牛奶，倒进砂糖溶解，然后倒进杯子里。用热牛奶做一个小小的庆祝。

蓝色的马克杯碰在一起。两个人为怀孕庆祝。口中的牛奶热腾腾的，异常甜美。

"工作吃不消的时候就休假吧。"

"嗯。我可以申请孕吐休假、产假,还有生育假。"

"宝宝是男是女呀?"

"还不知道哦。"

他们举着马克杯对视,不约而同地笑了起来。幸福就是这样的感觉吧。宝宝降临到这对夫妻身边。这份喜悦只属于两个人。

"高木,我好喜欢你。"

阿尔卡直直地盯着高木的眼睛说。此时此刻,这就是她最想说的。

"好想早点听到呀。"

高木挠着头,羞涩地笑了。

"很早以前我就喜欢上你了。"

"是吗?"

"是啊。你做什么都很干练。"

高木笑着说。阿尔卡不知道该做什么反应,最后也跟着笑起来。

对于夫妻关系,仿佛又有了更深的、更具体的理解。彼此尊重、彼此珍惜,分享彼此的想法,共同生活在一起。慢慢地,彼此就会变成对方无可取代的存在。正因为如此,所以自己虽然与高木相识刚刚半年,却像是一起生活了很长时间。这样的思想滋养着心灵。

"我会努力生一个活泼的宝宝。"

"嗯,我也会尽力帮忙的。"

这对十五岁的夫妻举着马克杯凝望彼此。再过几个月,继承了两个人血脉的宝宝就要出生了。想想就觉得不可思议。

那年秋天,阿尔卡产下了一个男孩。和丈夫长得很像,有一对黑眼睛。

"好可爱呀。"

在病房里看到婴儿床里的宝宝,高木赞叹地说。他满怀感慨地盯着儿子,生怕错过哪怕一个瞬间。

阿尔卡躺在床上,望着这副场景。刚刚生完孩子的身体疲惫不堪,但头脑却异常清晰。满是想说的话。

"太可爱了。生之前完全没想到会这么可爱。这个宝宝半天前还在我的肚子里,现在就在这里了。太神奇了,太不可思议了。"

"嗯,这小小的胳膊和腿,就是踢你肚子的胳膊和腿呀。"

高木摸了摸婴儿的小手。大概是条件反射吧,那手回握了高木一下,让高木开心地眯起眼睛,望向阿尔卡,脸上充满感动,仿佛在说,你看你看。阿尔卡也垂下了眼角。

她忽然想到一件事。

亡故的父母，也曾经这样疼爱过自己吗？为自己的出生而欣喜和感动吗？

"高木……你还记得自己的父母吗？"

"哎呀，完全不记得了。很小的时候就离开了。不过照片一直都在。"

高木的视线依然落在儿子身上。

"有消息说我有兄弟，但都在别的机构，也没机会联系。"

"是呀，我也是。"

阿尔卡回答说，看着儿子天真无邪的脸庞。儿子发出小小的咿呀声，大大的眼睛一直盯着高木，不过视力好像还没发育完全。他是靠听力判断身边的是父母吧。

总有一天，这个孩子也会忘记自己的父母。

在成长的过程中，还会有弟弟妹妹出生，但他只会知道弟弟妹妹的最基本信息。而且对于那些事情，他也不会有任何兴趣和疑问吧。

"阿尔卡，怎么了？身体哪里不舒服吗？"

阿尔卡看上去有些出神。高木盯着阿尔卡，脸上的表情透出对她的关心。

"没什么。"

阿尔卡赶紧笑了笑。

自己刚才到底在担心什么呢？孩子就是这样的呀。离开父母，在安全的机构中成长，并且有一天也会成为大人，生下自己的孩子。肩负未来的孩子是国家的珍宝，不是父母的所有物。学校就是这么教的，自己也是完全理解的。

"高木，把孩子抱过来。"

"啊，好的。我还是第一次抱孩子，有点紧张。"

高木犹犹豫豫地把手伸到小宝宝的脖子后面。被轻轻送过来的儿子，双眼清澈透亮，盯着阿尔卡和高木。他把拇指伸到嘴里，吸吮起来。

"好可爱。真的好可爱。"

不知为什么，阿尔卡忽然想哭。

我的孩子出生了。期待已久的第一个孩子。很开心，也很感激他的平安降生，但还是忍不住想要流泪。悲伤而又空虚的苦楚涌上心头。

"我也想哭了。"

高木似乎以为阿尔卡脸颊上的泪水是因为感动而流的。不过也许真是感动的泪水吧。阿尔卡也不知道自己究竟为什么流泪。

小宝宝一直在用平静的眼神仰望着夫妻俩。

半年过去，两个人结婚已经一年半了。

这一天，两个人抱着取名为优纪的儿子，来到儿童之家。

按照统一政府的规定，所有夫妻无一例外，在孩子出生半年后，必须将孩子送到儿童之家抚养。这项规定是为了防止抚养孩子延迟重返工作岗位的时间，以及延缓下次怀孕的时间。

据说，为了不让孩子和父母的生活圈重叠，孩子会被送到遥远的地区抚养。如果希望的话，未来也可以持续获得孩子的信息，但不能见面，也不能写信。父母只能间接地关注孩子的成长。

在阿尔卡和高木办理手续、接受父母须知教育的期间，优纪做了全身的健康检查，顺利入住。

另外还有三个孩子一同入住。每对夫妻都和孩子拍了最后的合影，依依惜别。每个人都在微笑。有的宝宝离开妈妈的时候哭了起来，但那也是令人微笑的场景。

生下孩子，交给儿童之家。这是家庭的成人仪式。阿尔卡正是这样离开了自己的父母，而现在优纪也在这里离开了自己。

"优纪，保重呀。"

阿尔卡低头看着臂弯里可爱的儿子。

忍受分娩的剧痛，艰苦养育半年。优纪不太会喝母乳，需要整夜喂奶。自己也不太会换尿片，经常弄脏连体衣。这些都历历在目。稍有咳嗽就很紧张。看到笑脸自己也会露出笑容。当他用黑色的眼眸盯着自己的时候，就会觉得他就是自己生命的意义所在。

阿尔卡每天都会抱着优纪散步。两个人看到的那些天空，那些反射在优纪瞳孔里的熠熠阳光，自己这一生中都会回忆无数次吧。

这个小小的生命依赖着自己。想到这一点，就感觉被责任压得喘不过气来。尽管如此，优纪所展现出的一切表情和动作，都在肯定阿尔卡的努力和爱意。

从今天开始，给优纪喂奶的将是儿童之家的员工。无论是优纪第一次吃断奶食物的样子，还是第一次坐起身体或者站立行走的瞬间，阿尔卡都看不到了。

优纪直直盯着阿尔卡和高木，双眼水汪汪的。那样子像是完全不明白发生了什么，又像是什么都明白，所以保持着安静似的。

拍了三个人的合影，交接行李，把七公斤的小小身体交到员工的臂弯里。

手里的重量消失的刹那，力气也骤然从身体里消失了。这是怎么回事？为什么感觉头晕目眩？阿尔卡踉跄了一下，望着员工和优纪消失在门里。直到完全看不见儿子的身影，阿尔卡和高木还在继续挥手。

"智力测试、体能测试、学习成绩,都会寄送给我们。"

回家的路上,高木说。语气像是在期待儿子的未来。

"阿尔卡的成绩很好吧?"

"唔,中等偏上一点吧。"

"啊哈哈,我也是。那估计优纪也一般吧。"

优纪,听到这个名字,胸口便隐隐作痛。今后这个名字也会经常出现在夫妻的对话中吧。但是,阿尔卡已经不能再用这个名字呼唤自己的孩子了。

"是啊。不过一般也挺好的。一般最好了。"

优纪是不是在哭?此时此刻,发现自己到了一个没有爸爸妈妈的地方,是不是很吃惊?优纪这个孩子,一旦哭起来就很难止住。员工会不会随他哭泣,放着他不管?阿尔卡想象着优纪号啕大哭,没有人抱他的景象,心口就像绞起来一样剧痛。

优纪哭了该怎么办?怎么办……

"阿尔卡,晚饭咱们去外面吃吧?"

高木小心地观察着阿尔卡问。阿尔卡回过神来,抬头望向丈夫的脸。

自己刚才牵挂的种种事情,宛如梦中的经历一般渐渐淡去。

"……去外面吃……太奢侈了吧?"

"偶尔奢侈一次吧。"

高木比去年高了不少，现在已经比阿尔卡高了一个头。体格也魁梧了，像个真正的男子汉。温柔的笑容也显得很成熟。

阿尔卡挤出笑脸。高木在笑，那么自己也笑吧。夫妻就是这样的。

"和你结婚，我很幸福。"

心中的这种隐痛究竟会持续到什么时候呢？再过半年，阿尔卡肯定会怀上下一个孩子。分娩、养育、放手。

理所当然，人人如此。可是，这种难耐的痛楚又是什么呢？

大概是因为还没习惯吧。还没习惯成年。总有一天，自己会把一切都视为理所当然，越过人生中的一道道关卡。

阿尔卡眺望暮色渐浓的天空，握起走在身边的丈夫的手。用力握住。

讨厌的前夫

"好久不见。"

米娜把买的咖啡放到桌上。没有看对方。

"啊,真的很久没见了。"

对方——尤金回答说。

米娜拉开椅子坐下来,才终于去看对方的脸。比记忆中老,看起来有些寒酸。他身穿工作服,懒洋洋地靠在椅背上,下巴长着稀稀拉拉的胡须,摆弄冰咖啡吸管的手骨瘦如柴。分手四年的前夫,外表显得比二十一岁的同龄人更老些。

"你气色不错。"

对于这句不带任何感情的通用招呼语,尤金回应说:"就是没什么钱。米娜你还在儿童之家工作?"

"嗯,是啊。你还在鞋厂?"

"早就不干了。换了好几份工作,现在在干建筑。跑工地的,土木工程。"

"是吗……"

两个人的对话到这里就断了。今天米娜把尤金约到了中央二区的这家咖啡馆,虽然没说要谈什么,但尤金应该有所察觉。这个年纪的前夫妻如果再见面,原因基本上只有一个。

"我们经历了好多事情,最后离婚了。"

"确实经历了好多事情,不过从一开始就是性格不合啊。"

"别打断我。今天约你出来,尤金,"米娜停住,认真地盯着前夫的脸,"我们能复婚吗?"

尤金不再摆弄冰咖啡的吸管,把手放回桌上。他一副欲言又止的样子,像是很困惑,又像是很无奈。

米娜和尤金是在六年前结婚的。和其他人一样,他们通过政府的匹配系统相识,毕业的同时举办婚礼,开始同居生活。他们住在中央五区,这一带比都市部宁静,周边有很多工厂。

米娜来自东区,她在中央区的儿童之家上班。这是女生很喜欢的工作。各个地区都有多所儿童之家,父母会把孩子送到这里托管,一直抚养到上学为止。米娜负责的是刚刚送来托管的婴儿。轮班制度下的工作不分昼夜,辛苦之中也有价值。

尤金出身于中央区。第一次见面是在毕业典礼的第二天，也是婚礼当天。夫妻通常会在今后定居的地区举行集体婚礼。

米娜之前只在照片上见过丈夫，实际见面时才发现他个头很高，微微有点驼背。虽然米娜并不是不喜欢他的外表，但那驼背让他身上的礼服看上去像是借来的一样。米娜有些遗憾。

在和尤金的同居生活开始以后，米娜也一再体会到这种"遗憾的情绪"。尤金是个以自我为中心的人，即使和米娜生活在一起，也不会做他不想做的事。他们本来约定好分担家务，但尤金经常偷懒，所以最终都落到米娜一个人身上。丢垃圾、洗锅碗，这些事情放着不做终究对健康不利，因而也不能交给尤金。结果就是米娜承担的家务越来越多。

尤金的单位是一家制鞋厂。他上班总是慢悠悠的，不过米娜也没怎么在意，直到有一天，她在手机上接到尤金上司的电话。

"你是他妻子，能不能也说他几句。再这样迟到下去，我就不得不开除他了。"

尤金总是迟到。但即使当面问他，他也只是简单地回一句"下次注意"。不知道他是不是真的要改。

实际上即使在那之后，尤金好像也依然我行我素。然而米娜不可能每天早上都陪他去上班。偶尔他上司还会打电话来，每逢那时，米娜能做的也只有再次提醒尤金做个合格的社会人。

这种状况持续下去，多少也影响到了夫妻关系。至少米娜对尤金已经没有感觉了。就算尤金主动，米娜也不愿和他睡在同一张床上。夫妻生活自然而然地断绝了。

尤金似乎对这样的米娜也产生了不满。米娜从一开始就会把自己的想法毫不掩饰地说给尤金。不做家务的时候会说他，上司打来电话的时候也会说他。不管尤金有没有听进去，至少米娜一直在唠叨他。两个人的肉体关系缓解了这样的对立。很奇妙的是，只要肉体相拥，就会觉得那些事情也没那么可恨了。但随着那种关系不复存在，尤金也开始抱怨起米娜。

以前对这些唠叨听之任之，现在他也开始反驳了。

"你的废话真多。"

"你有毛病。"

"别烦我。"

米娜认为共同生活时理所当然的要求，似乎只会让尤金厌恶和窒息。

彻底撕裂夫妻关系的是尤金。

"你去嫖娼了？"

米娜拿着信用卡明细，质问尤金。结婚将近两年，两个人已经不再说话，但还是生活在一起，维持着婚姻生活。

尤金可能是用自己的小金库去嫖娼的。每个地区都有极少数的穷困女性，聚集在一起从事性服务。据说那是连行政府都无法掌控的地下世界。

"你自己的钱花完了，竟然还动用夫妻共同账户的钱，简直让人不敢相信。"

"也就用了两三次，值得你絮絮叨叨说个没完吗？"

"听说有的女人身上还有病，要是被传染了怎么办？"

尤金瞥了一眼怒气冲冲的米娜，又把视线移开了。

"很久没和你睡觉了，不会传染给你的。"

"明明有老婆，还去那种地方，你有没有道德！"

"老婆？"尤金讥讽地回应米娜的怒吼，"我们这样子算夫妻吗？你不喜欢我，我也不喜欢你。天天相互看不顺眼。只是住在一个屋子里面……"

后半句有种放弃的语气。米娜沉默了。她知道这不是正常的夫妻关系。米娜厌恶尤金的邋遢，尤金讨厌米娜的规矩和责骂。两个人都不想适应对方。

"离婚吧。"

对米娜的提议，尤金毫不犹豫地点头。

"这样也好。"

继续生活在一起，只会加重彼此的负担。还是过上自由的生活吧。

一旦解除婚姻关系，夫妻享受的优惠就会全部收回。不仅不再提供家庭住房，税费和未来的保障也会变化。社会习俗也不提倡离婚。

但无论如何，总好过和自己讨厌的对象生活在互相怨恨中。

繁杂的离婚手续全都是米娜办的。因为她知道，如果交给尤金，那永远也办不成。米娜同时提交了转岗申请，转到故乡东区的儿童之家上班。

他们一起走出房子的那一天，是米娜的十七岁生日。行李都交给了搬家公司，他们在房子门口道别。

"保重。"

"嗯，你也是。"

关心只限于口头。两个人甚至都没有看对方的脸。

从那时起整整四年，米娜一直没有联系过尤金。

"我猜你就是要说这个。"

尤金把牛奶和糖浆倒进剩下一半的冰咖啡里，用吸管代替搅拌棒搅拌。

"以前我就听说过，对于离婚的单身人士，政府支付的基本养老金的金额很少。但是去年接到通知的时候,看到数字还是很吃惊。而且不光是养老金,夫妇津贴也拿不到,关怀房的档次和入住排序也有变化。"米娜急切地说。

统一政府的方针是鼓励高效怀孕、多多生育和持续就业,因而很重视婚姻关系的维持。不管是离婚文件的繁杂,还是批准所需的时间之长,都显示出离婚本身的难度,但离婚之后还会更加深切地感受到机制上的惩罚。

"一辈子能领到的金额数量会有天翻地覆的变化。你过得也很苦吧?"

"当然。公寓要自己租,政府也不会提供任何家庭资产和日用品。"

夫妻理所当然享受的权利,单身人士几乎什么都享受不到。不能入住公营住房,家具、日用品都要用自己的收入购置。医疗费的负担也会增加。基本养老金的金额大幅减少。"关怀房"那种终身护理机构的入住条件也很严苛。总而言之,社会制度就是优待夫妻、苛待离婚单身人士。

"从政府的角度说,我们是拒绝协助人口增长的叛徒。"

"可是,我们不是还活着吗?我和你都已经二十一岁了。再往后,我们的身体只会越来越差,高额医疗费将会成为生活的负担。而且靠那点养老金,只能去最低档次的关怀房。"

"不管怎么低,有人照顾、能吃上饭,那不就够了吗?"

虽然尤金这么说，但米娜很不愿意。退休和搬入关怀房的时间取决于个人的身体状况。任何企业都没有规定退休年龄。通常而言，当很难继续工作时，员工会与人事部门商谈，决定退休的时间。养老金则是统一从二十三岁开始领取，但提前退休者可以申请提早领取。然而像米娜和尤金这样的离婚单身人士，目前还无法提交那种申请。尽管他们的养老金已经很少了。

"怎么了，米娜？你身体出问题了？看你这么着急。"

"倒也没有出问题，但是已经这个年纪了，出什么问题都说不准。趁着还没出问题，我想还是恢复夫妻关系比较好。"

"现在恢复夫妻关系？为了社保？"

尤金懒洋洋地问。那种态度像是米娜提出了一个很不合理的方案似的。尽管米娜只是考虑到两个人的晚年，不得不提出这个方案。

"只要再婚，就能领取满额的基本养老金，医疗费的负担也会减轻。还能领到夫妇津贴。"

"领不到津贴吧。这把年纪也不会再生孩子了。"

每生一个孩子，夫妇就能领取一笔津贴。它也会大幅影响一生所能获得的收入总额。

"从生物学的角度说，女人可以一直生下去，直到死亡。"

"不。你不会和我生孩子的。你讨厌我。"

尤金淡淡地说。米娜沉默不语。确实,她不是为了生孩子才提议再婚的。

"我们是因为在一起太痛苦才离婚的。如果我们两个为了金钱和社保重新结婚,又能怎么样?好不到哪里去。"

"我和你都比当年成熟多了。可以作为相互谦让的室友,度过余生……"

"不可能。"

尤金直截了当地说。

"我没有变,你也没有变。如果住在一起,我懒散的生活方式会让你生气,你的唠叨也会让我不舒服。我们没能过下去,是因为我们的行为超出了彼此的接受程度。我们不会相互谦让的。"

"你敢说我们一起生活的两年里,从来没感觉到快乐吗?"

"嗨,打那种感情牌也没什么意思吧。"

尤金拦住了越说越激动的米娜。

"我不想强迫自己承受压力和你在一起。当然啦,我现在的日子过得并不轻松,但也不是活不下去。这样有什么不好呢?"

听着尤金的话,米娜越发掩饰不住自己的焦躁。离婚的罪魁祸首本来就是尤金,然而他现在还好意思用一种看破红尘的口气教育自己,太不要脸了。

"我们不能自主选择结婚对象。我们必须和系统决定的对象共同组成家庭。放弃这个目标的不是你吗?我们离婚了是没错,但我也是担心你的未来才提出这个建议,你怎么就是不肯听呢?"

"离婚的事情我可能确实有错,但你总觉得自己最正确,一点儿也不肯让步,这也很不好。你的大道理压得我喘不过气,感情上无法接受。结婚期间我一直都有这种感觉。"

"你这说的是什么话!"

"反正这回你来找我,只是因为不想过那种没钱的悲惨生活,对吧?你觉得日子过得比不上周围人,只能去等级最低的关怀房,又可怜又丢人,所以才来找我的吧?别说什么漂亮话了。"

米娜用力拍了一下桌子。杯子里满满的咖啡被震出来不少。

"明明就要步入老年了,还像个孩子似的,一点儿紧迫感都没有。我一直都不喜欢你这种看不到将来的天真。对未来没有任何想法,只看眼前的快乐,成天躺平摆烂。你不就是觉得再婚麻烦,所以不想吗?"

"我不否认我的性格的确如此。但不光是麻烦,我和你绝对合不来的。而且我也不想要个讨厌我的老婆。"

"事到如今还想我喜欢你,你想得太美了。"

说到这里,米娜突然沉默了。争吵的声音太大了,周围的客人都默默地看着他们。

"尤金,换个地方吧。"

"不了,没什么好说的了。"

尤金不耐烦地叹了一口气,吸完了剩下的冰咖啡,站起身,低头看着米娜。

"入住关怀房的时候,我会做你的保证人。到时候再谈吧。"

"尤金——"

"要不你就和其他的离婚单身人士再婚。你很漂亮,去介绍所登个记,不愁找不到人。"

说完这句话,尤金一个人走了。

米娜盯着尤金消失的门看了一会儿,随后将视线落回到桌子上。她用餐巾纸擦掉洒出来的咖啡,起身离席。

从约会的中央二区乘电车回东区,需要两个多小时。休息日的傍晚,很多人都是夫妻成对乘坐电车。大概是在市中心享受了购物和美食吧。这是属于夫妻的休息日。

这本来也应该是自己的未来,但全被尤金搅黄了。至少在最后的时刻配合一下自己,不行吗?然而四年过去,尤金一点儿都没变。既孩子气,又懒惰。

"下次再来劝你。"

米娜嘟囔了一句,望向车窗外面。大大的夕阳正在落入山与山之间。

米娜的日常生活,从木质公寓的单人间开始。那不是夫妻居住的钢筋公营住宅,而是单身人士自己花钱租赁的房间。这间房子的房租和水电费占据了工资的很大一部分。鞋子必须在玄关脱,否则会伤到地板。进了房间,要么直接坐到地上,要么铺上被褥睡觉。

早上起床后,米娜会把被褥叠起来,然后洗脸刷牙。她不化妆,因为那纯粹是浪费钱,而且照顾孩子总会流汗,妆很容易花。用面包和速溶咖啡充当早餐,换上衬衫和长裙的制服去上班。今天排的班是从早上八点到晚上九点。因为工作时间很长,所以中间可以休息两次。儿童之家的员工有个福利,工作期间的餐食是免费的。她们可以和孩子们享用同样的午餐。一天可以省两顿饭钱。这可是不少钱。

制服是配发的,因为很容易弄脏,所以会定期换新。这帮米娜节省了不少衣装费用。因为旧衬衫可以当睡衣。

但如果继续这样下去,未来的贫困将不可避免。夫妻和离婚单身人士之间确实存在贫富差距。

要获得预定的养老金,必须工作到相当高龄,才能从儿童之家退休。入住关怀房也需要入住费和月租费。而且根据身体的衰弱状况，入住前可能还需要高额的医疗费用。

最可怕的是，到最后甚至连关怀房都住不进去，一个人死在出租房里。发现自己没去上班，担心的同事赶来出租房查看情况，结果看到自己的冰冷躯体，身上穿着旧制服，躺在一无所有的房间地上，裹着简陋的被褥。仅仅想象那副场景，就让米娜感觉凄惨、羞愧、不寒而栗。

"早上好。"

米娜来到儿童之家上班，在办公室打招呼，十多个人回以问好。这里收容的是从婴儿到六岁的孩子。目前收容人数将近五百。总计五十名员工以轮班制工作。

米娜负责的房间里排满了婴儿床，到处都是哭声。十名员工正在为婴儿进行早晨的例行工作。喂奶、换尿布、换衣服。

"米娜，早，你从杰西开始吧。"

"早。好的，我知道了。"

接手的婴儿床上坐着个十个月大的小男孩，名叫杰西。他很安静，不怎么哭。当米娜伸出手的时候，他也开心地伸出小手，像是要抱。

"杰西，早上好。哎呀，尿片都湿透了。喝奶前先换一下吧。很不舒服吧？你一点儿都不哭哎。"

杰西"啊~~~"了一声，声音很可爱，他把脸贴在米娜的肩头，米娜知道这是在撒娇，脸颊自然松弛下来。抚摸他温暖的头和背。温柔的身体接触，会让米娜和杰西都感觉平静。

她给杰西换了尿片、喂了牛奶、换了衣服。杰西能站起来，让他留在婴儿床里会很危险，所以要把他放到宽敞的婴儿围栏里，让他和月龄相近的幼儿们一起玩。米娜把杰西交给另一名工作人员，开始给下个婴儿换尿布。那个叫优纪的宝宝刚入住不久，六个月大，非常爱哭，和杰西刚好相反。他哭个不停的时候确实很棘手，不过对米娜来说，不管费不费心，都是同样可爱的宝宝。

自己不能生孩子，所以能找到一份天天和孩子相处的工作，米娜觉得很幸福。虽然每天都忙得晕头转向，但婴儿的温暖抚慰着她的心灵，令她期待婴儿们的成长。

"米娜，你听说了吗？"

正在用奶瓶给优纪喂奶的时候，旁边的同事艾丝特问她说。艾丝特是和米娜同年的员工。

"明子好像买了房子。"

"房子？"

米娜反问了一句，顺着艾丝特指的方向望去。同事明子正在照看婴儿围栏里的小宝宝们，另一个同事在和她说话。

"房子那么贵，太浪费了。"

米娜压低声音说，防止明子听见。

许多夫妻从结婚到入住关怀房的十多年时间，都会在公营的公寓式家庭住房中度过。那里的房租相当便宜，还附带家具。也有民营的独栋住宅，不过租金比家庭住房高很多，而且大部分位于郊外，到市区的交通不便。但毫无疑问的是，和租房相比，买房绝对是相当大的支出。当然那不是新房，而是因为某种原因，将出租的房子卖掉。

"明子啊，你知道的，前年她丈夫过世，去年再婚了。"艾丝特说。

"再婚对象是行政府的职员，好像很有钱。买独栋完全是她老公的虚荣心，但是那么有钱，也真让人羡慕啊。"

太羡慕了。米娜在心里说，但她没有说出口。自己说这话太沉重了。艾丝特有家室，她说这话没什么关系，但米娜是离婚单身人士，而且又确实很穷困，也就不是说说这么简单了。

艾丝特似乎没想过离婚单身人士会有多窘迫，她还在用随意的语气闲聊。

"明子二十岁了，第一任老公又死得早，确实蛮可怜，所以我觉得那真是挺好的，而且多少有点嫉妒呢。"

"别这样，艾丝特。"

"啊——要是我家也有那么多钱就好了，我想买辆车。"

汽车也是奢侈品，一般家庭基本上买不起。很多人都是因为工作关系，需要驾驶公司用车才考驾照。米娜没有驾照，艾丝特应该也没有。

"养老的钱才是大事，比房子和汽车更重要。要是有钱，我宁肯存起来。"

"你很现实啊，米娜。"

不现实就活不下去。因为我是单身。米娜终究没有把这话说出口。

晚上九点，米娜和值夜班的人交接完毕，直接穿着制服匆匆踏上了回家的路。半路上她去了一家关门时间很晚的小超市，买了一罐酒。那是用甜苏打兑的蒸馏酒。米娜只是偶尔喝点酒，喝到微醺的程度。她没有能一起去酒馆的朋友，当然也没有钱，所以总是买一两罐市面上的酒。再配上奶酪或者饼干，就算是米娜的小小奢侈了。

背靠在叠好的被褥上，面前是支架生锈的矮桌。米娜享受着小小的幸福。酒很好喝。劳作了一天的疲惫，仿佛和碳酸一起慢慢融化。但与此同时，米娜心里总有种"不该这样"的情绪。

如果能够继续婚姻生活，就没必要精打细算，对未来如此不安。她本可以和其他同辈人一样，依靠适度的收入和余暇享受生活，也不会感到如此寂寞。

一切都源于错配了一个不合适的丈夫，就像是抽到了一张错误的彩票。

如果尤金能在日常生活中表现得稍微配合一点儿，也不至于走到这一步。如果没有背叛妻子的行为，米娜也能勉强忍受。

"都是尤金的错，必须让他承担责任。"

米娜仰望着天花板喃喃自语。恰到好处的醉意，让她感觉轻飘飘的。

"照这样下去，我会更惨。"

要赚快钱，可以去做夜晚的工作。这个地区也有出卖肉体的工作，也没有年龄限制，但不可能一边在儿童之家上班，一边去做那种副业。一旦败露，工作就没了。

而且导致婚姻破裂的原因正是尤金出去嫖娼，米娜当然绝不可能涉足性产业。

为了过上安定的生活，唯一的选择只有再婚。

"已经过了四年，能比那时候做得更好。"

米娜并不打算和尤金成为相敬如宾的夫妻。她只是提议彼此结为伴侣，以便安心度过最后的几年。这对尤金来说也不是坏事。

过几天还是再去劝他一次吧。要想避免悲惨的晚年，这是唯一的机会了。

第二周，米娜再次坐上电车，花了很长时间前往尤金居住的中央八区。八区的车站比米娜所在的当地车站更大，但站厅的建筑颇为陈旧，来往行人的精神面貌也不一样。这里有很多劳工，也靠近红灯区。以前生活的五区有种郊外宁静小镇的氛围，这里则是建筑密集，吵闹不堪。

她在电车里给尤金发了消息。

"我正往你那边去，找个地方见面吧。"

预约当然没有。就算预先联系，按他的脾气，肯定会嫌麻烦推三阻四。既然这样，还不如搞成既成事实。

果然，尤金回的消息是"你怎么来了？"，不过并没有拒绝已经快到的米娜。

从车站往东走，到第三个路口的大楼。那就是尤金指定的地方。到了路口，身穿工作服的尤金背着包从大楼旁边的小巷里走出来。

"我就在这栋楼后面干活。"

米娜听他说过自己在从事建筑相关的工作。只见他的工作服脏兮兮的，衣领也很脏。自己工作的时候也会汗流浃背，不过尤金的工作看起来更辛苦。如果没从鞋厂辞职，应该不至于沦落到干这种重体力活的地步吧。

米娜心中想着，不过并没有说出口。她挤出笑脸。

"上次说的事，我还想再和你谈谈。"

"又是那个……那条巷子里有几家小饭馆，先过去再说吧。"

"我买了套餐,一起吃吧,去你家。"

尤金挠挠头,不情不愿地同意了。

尤金住的房间也是木制公寓,比米娜的住处更破旧。墙壁很薄,让人怀疑能不能撑过一场暴风雨。他上了二楼,在第二个房间前同样脱下鞋子。这是个很简单的房间,只有一个小小的厨房和浴室。好处在于有个阳台,但生锈的扶手看起来摇摇欲坠。

"比预想的干净呀。"

房间里不是很乱。垃圾似乎在定期扔,地板上也没有乱七八糟的东西。脏衣服像是存起来一起洗的,干燥后的衣服随意堆在椅子上,不过没有什么脏东西。

"没有别人做,那我总要做点最起码的。"

也就是说,没有别的女人和尤金交往,照顾他的生活。

"真意外,你竟然养了这个。"

阳台上排着四个花盆,养着不同种类的多肉植物。

"同事的老婆种得多了,分了我一点儿。也不太费事,就放那儿了。"

在米娜看来,虽然是送的,但尤金竟然会养它们,委实也很吃惊。他还是那个每天随波逐流、懒散成性的尤金吗?

"你先吃吧。我洗个澡,全是灰。"

"我等你。"

"不用。"

尤金说完,消失在浴室门口。米娜随意坐在地上,用带来的湿巾擦干净桌子,摆上套餐。

尤金也知道要洗澡了呀。

闯进房间也是米娜的作战策略。他们毕竟是前任夫妻,只要有身体上的接触,必定会涌现出感情。对于和尤金的肉体接触,米娜也不是没有抵触。尤金喜欢单身,他可能一直在嫖娼,而两个人离婚的原因也在于此。米娜觉得很脏。

但还是忍一次吧。为了再婚。

没过多久,尤金从浴室出来了。他擦了头发,穿着像睡衣一样的 T 恤和运动衫。

"浴室借我用一下,吃完我也洗个澡。"

米娜果敢地说,得到的回应却很冷淡。

"先说好,我不会和你睡觉的。"

"哈?"

"你想再婚,对吧?你到我家来,我的理解是想用身体说服我。"

"哈?你太自恋了吧?这地方到处是灰,我也只是想洗个澡!"

自尊心妨碍了米娜的计划。她刚刚吼完,立刻又闭上嘴。这样一来,所有的色诱手段都不能用了。

尤金坐到米娜对面,说了声"我开动了",先打开了餐盖。米娜也慌慌张张拿起叉子。

"我说米娜,你没想过和其他人再婚吗?"

"你不知道吗?二十岁以后就很难再婚了。"

"不是,所以你以前一直都没去相亲?"

"见过几个,都不合适。"

米娜已经感到了贫困的威胁。当然,她去年也努力参加了相亲。只有生育机会最大的成人第一年才会提供匹配对象服务。如果以后希望结婚,大多数都是去婚姻介绍所登记,由那里介绍对象。米娜也积极参加过相亲,但没有遇到一个可以共度余生的人。

"很多都是丧偶的单身人士,不像离婚单身那么有紧迫感。因为养老金和医疗费负担额度也不一样。"

丧偶是人力无法避免的,但离婚却是当事人自己的意愿,因而会被社会上视为过错。同样是单身,待遇上还是有差异。

"没有同样的离婚单身人士吗?"

"唉,很多人看不顺眼,很不喜欢。一看就知道婚姻生活有问题。差不多这种感觉。"

尤金嘴里的东西还没咽下去就大笑起来。

"米娜,你太高估自己了。你没想过相亲的男人也是这样看你的吗?"

"你说的这叫什么话,气死我了。"

米娜嘴上反驳,心里却明白他戳到了自己的痛处。自己总是高高在上地看男人,所以相亲总是失败。

"所以说,你在相亲市场上一败涂地,走投无路,只好来求前夫?"

"你说话怎么这么让人生气呢?说到底,还不是你破坏了我们的婚姻吗?"

"离婚的原因确实在我,但你只要一直认为自己是抽到下下签的受害者,日子就不会好过,对吧?"

"你别那么一副高高在上的样子!"

"你觉得我高高在上,是因为你对自己的想法没有自信。"

这里不用在乎旁人的眼光,所以米娜的声音越来越大。她很生气,但尤金不为所动。这更让米娜生气。

就在这时,咚的一声,墙壁颤抖起来。

"啊,隔壁抗议了,嫌你太吵。"

尤金促狭地说。看来是住在左边房间的人敲了墙壁一下。墙壁果然太薄了。

米娜不情不愿地压低了声音,但她依然恨恨地盯着尤金。

"无论如何你都不肯再婚吗?"

"嗯。因为我喜欢过你。"

尤金突如其来的这句话,让米娜一时间不知说什么好。哎?她刚刚嘟囔了一声,尤金继续说了下去。

"我想把婚姻生活当作美好的记忆保留下去。如果重新生活在一起,我们只会相互憎恨,彼此痛苦,一直到最后。你也不想那样迎来人生的终点吧。"

"你认为那段婚姻生活很美好的时候,我们完全没有交流啊……"

米娜扶着额头叹了一口气,自暴自弃般地把剩了一半的饭菜扒进嘴里。

不过,尤金那句"喜欢",却萦绕在耳边。米娜的心口一下子热了起来。那种感觉,类似于和婴儿接触时感受到的温柔。

当年尤金喜欢过我呀。

"零食。"

米娜下意识地喃喃自语。什么?尤金疑惑地看着她。

"偶尔我们会买很多零食开派对。"

"啊,是啊。"

结婚的时候,两个人有时候会买很多零食,把桌子铺得满满的。住宿舍的时候手头拮据,只能偶尔买点零食。

社会人想吃什么就能吃什么。休息日两个人去市场，买上各种喜欢的东西，那是长大成人的真切感和开放感。然后两个人大吃零食，直到吃不动为止，非常开心。

"刚好想起来而已。"

"再来一次？"

尤金的话让米娜抬起头。

"零食派对？"

"嗯。我们两个现在去买。再买点酒？"

"……嗯。"

面对无忧无虑的尤金，米娜不由得点了点头。没想到自己无意中说的一个词会演变成这样。不过她已经请了明天一天的假，住在这里也没关系。

"那吃完就去买吧。前面不远有个市场。"

尤金端起餐盒，把剩下的饭菜扒进嘴里。

吃完晚饭，他们去了临近的市场。两个人一起出钱，随便买什么喜欢的。他们决定挑选想要的东西。

生活在一起的时候完全不爱喝酒，但现在都把罐装酒放进篮子里。零食也都是下酒菜。

回到尤金的房间，按计划把零食铺满桌子。咸饼干、坚果、巧克力、意大利腊肠。他们打开易拉罐，干杯。

"明明吃过晚饭。"

"酒和零食又不占肚子。"

"确实。啊。我还是喜欢那个巧克力椒盐卷饼。"

那是尤金喜欢的细长巧克力椒盐卷饼。米娜也拿了一根送进嘴里。很久没吃了,和那时还是一样的味道。

"好吃。"

"去年推出的限定品更好吃。比这个粗三倍。"

"那已经是另一种了吧?"

两个人一起笑了起来。那种感觉令人怀念。自己和尤金一起度过了人生中非常重要的时期。作为夫妻。作为朋友。作为家人。

而现在已经不在一起了。

四年的岁月一晃而过。米娜和尤金吃零食开派对的时间已经一去不返了。当他们再次这样做的时候,感觉到了明显的区别。

米娜看着尤金的眼睛。

"工作,开心吗?"

"啊……很多人都和我一样,师傅估计很操心。我倒是很开心,朋友也很多。你呢?"

"每天都被婴儿包围,也不知道是在治愈我,还是在吸取我的寿命。不过……很开心。"

"你很擅长照顾人。还照顾了我那么久。"

"我才不喜欢照顾你呢！"

两个人喝着酒，尽情吃着零食。米娜借了一条毯子蜷在地板上。尤金躺在对面的地板上，四肢摊开睡觉。被子盖在肚子上。

因为睡在地板上的缘故，第二天早上醒来时浑身酸痛。米娜猛然坐起身的时候，尤金的闹钟响了。

"尤金，起床了。"

米娜粗鲁地用脚蹬了蹬前夫的大腿。尤金蠢蠢地呼了一声，睁开眼睛。他按掉闹钟，坐起身子，挠了挠头。

"我要去上班了。"

"我回去了。"

"我送你去车站。"

米娜点点头，开始收拾昨晚没收拾的桌子。

晨间打理很快完成。昨天米娜简单化了一个妆，洗完脸就恢复了素颜。剩下只要再梳下头发就行。尤金也刮了胡子，说自己换个衣服就能出门。

两个人出了房间，刚好隔壁房间的门也开了。不是昨晚发火捶墙的左边，是右边的房间。

"尤金，早啊。"

"明泽，早。"

和尤金打招呼的邻居是个强壮的男人，肌肉发达。他穿着和尤金不一样的工作服，也像是去上班的样子。

"哟，难怪昨天晚上听声音那么开心，原来是女朋友来了。不给介绍一下？"

明泽这么一说，米娜有点不知所措。自己不是尤金的女朋友。

"哎呀，不是女朋友，是前妻。"

"这样啊。"

尤金随口一说，明泽也随口回应。

"我们离婚之后就没再见过。你们关系还这么好，真羡慕。"

明泽朝米娜点点头算是打招呼，走了出去。

尤金说："住隔壁的朋友。也是离婚单身。"

"隔壁有个互相帮忙的朋友真不错。"

"谈不上互相帮忙。我们俩都没钱。"

尤金笑得很开心。

早上的清新空气中也充满了八区的灰尘。两个人眺望着街道上来来往往的人流，走到车站，在站外的小卖部喝咖啡。

"保重，米娜。"

尤金说话的时候没有看米娜。

"入住关怀房的时候，找不到保证人就和我说。我帮你签字。"

"说不定是你先去呢？"

"确实，这个真说不准。"

咖啡很烫，半晌都凉不下来。刚吹了几口，春天的暖风忽然吹来，两个人都眯起眼睛。

"米娜。"

"什么？"

"我们算不上成功的夫妻，"

尤金的语气里带着笑意。米娜抬头望着他的侧脸。前夫个头很高，背脊比那时候挺起一些，正眺望着晨间的喧嚣。

"不过，到了人生的最后一刻，我大概还是会想起你。"

"那你的人生可够无聊的，尤金。"

米娜笑了。不过她也有同样的感觉。临终之际，想起的会是和尤金共同度过的日日夜夜。开零食派对、吵架……那样的日日夜夜。

"我们是一家人。虽然只是短短一瞬。"

"嗯呐。"

两个人出神地望着洒在破败街头的朝阳，喝完了剩下的咖啡。

美丽的结局

到底是住了八年多的房间，多了好多东西呀，绘里香心想。衣服、小家电、清洁用品、室内装饰。当年刚搬进中央二区这套房子的时候，只有自带的家具，以及自己和丈夫的一人一个行李。

据说配给的餐具可以在新居用。破损的趁这个机会处理掉，能用的拿泡沫塑料裹好，收到纸箱里。

"绘里香……这个。"

坐在电动轮椅上的提奥从隔壁房间过来了。提奥是绘里香的丈夫，也是二十二岁。在过去的两个月，他一直过着轮椅生活。

提奥手里拿了一捆毛巾。

"忘记收了。"

"啊，确实。谢谢你，提奥。幸好装毛巾的纸箱还没封。"

绘里香接过毛巾，飞快地收进其中一个纸箱里。这本来是今天要用的,所以没收,但提奥既然体贴地把它拿来了,自己也就不说什么了。

"提奥,放松点。今天一天就能收拾好。"

"绘里香,我……"

"等这里收拾好,我们去喝杯茶。饼干还有剩的。明天搬家前要把它吃了。"

提奥叽里咕噜地说着什么。这些天他经常语无伦次,现在好像已经放弃了长篇大论,取而代之的都是含混不清的声音。

"对不起,绘里香。"

"不用道歉。"

绘里香还给他一个微笑,继续打包。

明天,绘里香和提奥要离开家庭住宅,搬进中央十五区的海滨关怀房。

绘里香和提奥是十五岁那年结的婚。当然,那是统一政府配的对。

提奥是中央一区某通信公司的员工。那家公司生产面向成年人的手机与平板电脑,同时提供通信服务。绘里香的单位是在一区的中枢,行政府的食堂。

两个人住进中央区的家庭住宅,过起婚后生活。提奥工作努力，性格开朗，喜欢聊天。绘里香会照顾人。两个人很快就情投意合，成为一对甜蜜的夫妻。

他们有五个孩子。长子埃里希，次子克劳斯和三子克利斯朵夫是双胞胎。然后又生了长女艾玛。去年刚刚把次女艾米送去儿童之家。多子是夫妻俩的骄傲。对人口增长做出贡献，也受到社会的赞誉。实际上，绘里香在单位多次受到同事的夸奖，提奥好像也一样。每次生孩子所获的津贴，也确实滋润了夫妻俩的生活。

提奥的身体状况发生变化，是今年年初不久的事。起初是手足麻痹，然后出现强烈的倦怠感。检查后得知这是衰老的征兆。

人类的寿命大致在二十五岁，当然具体能活到多少岁，个体差异很大。提奥的衰老征兆大约算是比较早的吧。医生说过，衰老的进度也会因人而异，有的人转眼就会死亡，简直可以说是猝死；有的人则是会身体慢慢僵化。目前看来，提奥属于后者。

体力和精力每天都在下降。初夏，提奥从长年工作的通信公司退休了。别无选择。那时候的提奥已经虚弱到没力气坚持上一天的班了。

随后，两个人提交申请，入住关怀房。

"我们的生产性很高，可以优先入住广受欢迎的关怀房。太幸运了。是吧，提奥？"

绘里香停下手头的活，泡上红茶，把罐装饼干直接放在桌上，没有拿出来。放饼干的盘子刚刚打包了。

"嗯。"

提奥短短地应了一声。茶杯和筷子他还能拿起来。上半身也能动。但如果没有电，自己无法移动轮椅，去厕所也要人帮忙。

退休后才一周就发展到这样的状况。幸好很早就申请了入住关怀房。等需要全面护理的时候，绘里香一个人肯定应付不来。

"你的，单位，远了。"

提奥说。绘里香摇了摇头。

"是现在住得太近了。等我们搬到十五区，可以坐轻轨和电车上班。而且十五区景色很好，生活肯定很舒适。"

很多夫妻都会一起入住关怀房，这次绘里香和提奥也是一起搬进去，不过食堂那边还打算上班。绘里香的体力没有任何问题，对于上下班并不担心。工作期间，关怀房的工作人员会照顾提奥，这也让她放心。

"对不起，都怪我。"

"不用道歉呀。我可期待了。就要在新地方生活了。"

对于热心工作的提奥来说，早于预想的退休一定很让他遗憾。在这样的状况中，绘里香不希望他感到自卑。

"对了，你看，我找到了值得怀念的东西。"

绘里香从旁边的纸箱中拿出一个糖果盒。里面装的不是饼干。打开盖子，都是孩子的回忆。大部分是照片。所有人的脐带都收在小盒子里，长子埃里希还取了足印。

"取这个足印的时候，埃里希哭得可厉害了。"

"啊，是啊。"

"他哭得太凶，克劳斯和克利斯朵夫那时候就没做了。也可能是因为双胞胎，实在忙不过来。"

长子和后面的双胞胎只差了一岁。然后隔了两年才生长女，下一年生了次女。

"第一次抱艾玛的时候，我很吃惊，觉得那么软，好像很虚弱。女孩子和男孩子一生下来的骨骼就不一样哎。啊，但是艾米就很结实。两个孩子出生的时候都比预产期提前了一点儿。"

绘里香的话让提奥一个劲儿地点头。提奥还是和以前一样饶舌，但现在说不出话，所以绘里香自言自语般的情况越来越多。这也是没办法的事。

"你还记得上次的通知吗？埃里希的智力测试结果。才六岁，埃里希的数值就相当高了。说不定将来能成为行政府的职员呢。"

教师、银行员工、行政府的职员等职业，只有学校成绩靠前的一小部分学生才能从事。他们会和长寿种一起工作，工资比一般行业高。

"如果我和提奥的孩子能成为行政府的职员,那再没有比这更光荣的事了。"

"和你,很像。"

"不是啊,像你。"

即使搬去关怀房,也会收到孩子们的测试结果,还有通报健康状况的通知。虽然没有照片,但五个人的通知将会是今后绘里香与提奥每天的生活乐趣。

"好了,喝了茶,把行李一口气收拾完。晚饭去外面吃吧。这是在二区的最后一晚了。"

用美味来振作精神,也能让提奥的拘谨笑容恢复活力吧。

就在这时,绘里香的手机响了,单位的食堂打来的。

"是我,嗯,没问题。"

同事打来电话说食材的订购内容有误,必须调整明天的菜单。因为这是由绘里香的团队负责,所以需要身为主任的绘里香决定。

"对不起,在你休假准备搬家的时候打扰你。"

"我还有点时间,这就过去看看。等我一下。"

绘里香结束通话,对提奥说:

"对不起,我出去一下。行李很快就收拾好了,晚饭前我会回来。"

"太忙,了。"

"谁叫我是主任呢。"

绘里香微笑着站起来。

上中学的时候,绘里香的梦想是成为学校的老师。

在东区的同年级学生中,她的成绩是顶尖的,但工作单位是行政府的食堂。那时的失望至今都记得。

这份工作大概是为了配合匹配对象提奥吧。提奥的成绩也很优秀,进入了承担通信服务的国家核心企业。如果两个人都很忙,就很难生孩子。也就是说,这是鼓励怀孕生子的单位,绘里香暗想。

但这个事实无法确认,她也不想确认,更没有对提奥说。在食堂给无数人做饭的工作很有价值,即使因为怀孕生子而离开,重返工作岗位也很容易。而且工作勤奋的绘里香今年还被任命为主任之一,还参与到食材订购、员工考勤等管理业务中。

食堂位于行政府办公楼的地下,从通用门扫身份卡进入。食堂从早到晚都在营业,所以过了中午还是有很多员工在厨房工作。在里面的储藏间门前,几个员工正在说着什么。给自己打电话的同事也在。

"抱歉我来晚了。明天应付不了吗?"

"面包的数量完全不够,因为米饭的配给量有上限。"

"还有主食的肉也和订购的量不一样。而且说我们就算投诉,现在也只有这些东西,让我们就用这些应付。太过分了。"

绘里香拦住同事们七嘴八舌的抱怨。

"缩减菜单项目来应付吧。明天之前,无论如何要把需要的东西排出优先级去采购。价格虽然高,还有其他能用的供应商。"

"其他团队怎么说?"

"我会联系其他主任。负责订货的是我们团队。我也会和食堂经理汇报。"

明天是搬家的当天,绘里香无法上班。必须把今天能做的事做好,能订好的计划订好。她想在晚饭前回家,但看起来还要花些时间。

"大家一起努力吧,我们尽力渡过难关。"

绘里香给同事们鼓完劲儿,立刻投身在工作中。

完成工作的安排和交接,踏上回家之路时,天已经快黑了。提奥等得不耐烦了吧。

绘里香还没想好去哪里吃晚饭。不知道哪家店可以方便带着坐轮椅的提奥进去。其实仅仅一个月之前,两个人还能步行去买东西,也能随便选家餐厅吃饭。但现在必须先找到能够进入的餐厅,再考虑东西好不好吃。她切实感受到提奥能做的事越来越少,既觉得无可奈何,同时又对那衰老的速度触目惊心。

"所以才要搬去关怀房啊。"

绘里香喃喃自语。关怀房能够根据个体情况提供相应的护理。洗浴、穿衣、吃饭、如厕,都可以提供帮助。他们搬去的地方据说员工都很亲切,餐食也很美味。绘里香听说,自己还能把提奥带出去,到附近的海边餐馆和咖啡厅吃东西。

之所以能搬进待遇那么好的地方,是因为提奥曾经工作于国家的核心企业,绘里香还生了五个孩子。一切都是提奥和绘里香过去八年的结果。他们得以享受安宁的晚年。

"我回来了。回来晚了,对不起哦,提奥。"

用钥匙打开门,走进房间,看到客厅门后的轮胎。轮椅翻倒在地。

"提奥!!"

绘里香大叫起来,跑进客厅。提奥倒在木地板上,正在挣扎。绘里香慌忙把他扶起来。

"提奥,你摔倒了?有没有摔到哪儿?疼吗?"

"我,没事。"

"什么时候摔的?一直躺在地上?"

"刚刚。不,疼。没事。"

绘里香扶起轮椅,想让提奥坐上去,但她一个人很难把男性的身体抬起来。如果放在以前,提奥多少还能自己动一动,但现在他的动作很慢,眉头紧皱,果然还是翻倒的时候撞到哪里了吧。虽然他固执地不肯说。

"我想,这个,放回去……"

那个装满孩子回忆的糖果盒掉在地上。喝茶的时候看过,后来绘里香应该又放回行李中了。

"你还想看看它,把它翻出来了呀。"

提奥点点头。他大概是要把这个装满回忆的盒子放回到原来的箱子里,结果翻倒了。地上有很多纸箱,挡住了他的行动吧。

"对不起,绘里香。"

"不用道歉。你只是想看看孩子们的照片嘛,这有什么错。"

"对不起。"

提奥静静地说,坐在地上,低垂下头。绘里香正在努力扶他起来坐到轮椅上,这时停下了动作。

"求你了,不要道歉。"

"不……都怪我,死得早……对不起。"

提奥没说出口的意思大约是这个吧。"丢下你一个人"。

绘里香紧紧咬住嘴唇,然后用强硬的语气反驳。

74

"我说了不要道歉!"

绘里香也有无法言喻的想法。不要道歉。不要提醒我自己将会只剩自己一个人。不要提醒我这个无能为力的事实。

如果提奥走了,绘里香就是孤孤单单一个人了。

本以为两个人可以在一起生活得更久一点。本以为两个人可以一起工作,一起欣赏远方的孩子们的成长,过着充实的生活。提奥却要比预想的更早出发。

两个人都没有提过,但医生已经告知了提奥的剩余寿命。

提奥撑不过半年了。

绘里香将会成为孤单的一个人。

"反过来也可以呀。我不想你道歉。我想你笑。"

绘里香挤出来这句话。她强忍着泪水,颤抖的声音很嘶哑。

"我们夫妻辛辛苦苦一直到今天,送出了五个优秀的孩子,为社会做出了贡献。今后我们会过上快乐悠闲的生活。天天道歉有什么意思。"

不知道那样的时光会持续多久。即使那是守护着丈夫逐渐衰弱下去的每一天。

"有我在你身边。"

绘里香抱住丈夫的头,把脸埋进头发里。提奥像是在哭。绘里香觉得还是不要看他的好。

长子埃里希是个哭声很大的孩子。对于第一次生孩子的十五岁夫妻来说，抚养孩子是一连串充满了惊讶的日子，忽而哭泣，忽而欢笑。满月纪念时给他采了足印，拍了三个人的照片。用那照片做的明信片，至今都珍藏在记忆里。

克劳斯和克利斯朵夫是双胞胎。剖腹产。他们长得很像，但绘里香和提奥从没把他们搞混过。就算现在见到已经五岁的他们，绘里香肯定也能准确地认出谁是克劳斯、谁是克利斯朵夫。照顾双胞胎的日子忙得不可开交，记得比埃里希那时候还要辛苦。

艾玛是第一个女儿。她是个虚弱的孩子，哭声微弱，吸奶的力气也小。绘里香下了很大功夫喂奶，还给她补充牛奶。她总是在哭，需要不停地哄。好不容易把她送到儿童之家的时候，终于长得和同月龄的孩子一样大了。绘里香对抚养孩子很有自信，也很疼爱自己亲手抚养的艾玛。

最小的孩子艾米是个大宝宝，和艾玛相反，很能喝奶，也很能睡觉。看到艾米就会想起抚养埃里希的时候。她发育很快，一转眼就学会了翻身，所以一刻都不能放松看护。送去儿童之家的时候，艾米也是哭得最厉害的。

五个都是可爱的孩子。是绘里香和提奥生的孩子。

他们会收到父亲的死亡通知吧。不过,他们肯定不会有太大的感慨。因为绘里香自己就是这样。只有父母记得孩子。如果提奥死了,能记得孩子那些美好时光的,只剩下绘里香一个人。

虽然明白,但为什么内心还是一天比一天痛苦呢?

"好漂亮。"

绘里香看到轻轨车窗外面的景色,赞叹不已。她第一次看到大海。两个人乘电车抵达十五区,再坐轻轨前往入住的关怀房。

搬家的行李由搬家公司负责运送。绘里香和坐在电动轮椅上的提奥两个人前往新居。

"提奥看过大海吗?我是第一次。"

"只有一次。因为,工作,去了,海边……"

"看,浪花拍打着海岸。那么白呀。沙滩闪闪发亮。我听说房间里也能看到大海,每天都能看见这样的景色,真的太幸福了。轮椅虽然去不了沙滩,但是海岸线上还有休闲步道。我们一起散步去吧,提奥。"

"嗯。"

提奥静静点头。绘里香刻意兴奋地诉说自己初次看到大海的欣喜。

到达关怀房时,员工们全都出来迎接。问候完毕,他们先把绘里香和提奥带到了住处。两个人的房间视野很好，从大大的窗户望出去，海岸一览无遗。房间宽敞干净，建筑物本身也是崭新的。

关于提奥的护理，绘里香之后会和员工讨论决定。如果突然出现身体不适的情况，只要按一下按钮，员工就会赶来。医生会做定期检查，还有常驻的专业医护人员。

之前一直住在中央区的核心地带，生活要比住在郊外的人便利很多。经济上也不拮据。但在这么出色的设施面前，也不禁觉得能早点住进来真是不错。两个人生活的关怀房，就是如此理想的环境。

员工邀请绘里香和提奥参观整个设施。可以适当运动的房间、为兴趣开设的房间。还有大大的图书室，里面排满了纸质书籍。成年后只习惯于在手机和平板电脑上看书，所以这里的藏书很让人兴奋。提奥喜欢读书。他肯定很高兴。绘里香想着，看了看旁边的提奥，只见他靠在轮椅背上，半歪着头，眼神也有些呆滞。

"提奥，累了吧？"

"有点。"

小小的声音回答。绘里香请员工快速结束参观，和提奥返回了房间。

从今天起，这里就是两个人的家了。房子里也有厨房，绘里香想，只要提奥还能吃东西，自己就在这里做饭。至于她上班不在的时候，计划是由工作人员来照顾提奥，解决吃饭问题。

"今天请他们准备了饭菜。明天开始我来做饭。"

"绘里香。"

"除了必需的行李，其他明天再弄吧。提奥，休息之后出去散散步吗？"

"我想，现在，睡觉。"

绘里香点点头，打开卧室的房门。提奥已经习惯了蛰居生活，光是过来的这一路，就耗尽了他的体力吧。

"我去收拾行李。可能会吵到你，抱歉啦。我会尽量安静的。"

"没关系的。"

提奥靠自己的力气勉强躺到床上，但翻身调整姿势似乎很痛苦。他好不容易换成仰卧的姿势，不由得深深吐了一口气。绘里香给他盖上被子。他很快就睡着了。提奥身体的衰弱变化比想象得还要快。每当发现这个事实的时候，绘里香都感到脊背发麻的恐惧。

"提奥。"

绘里香坐到旁边的床上，看着丈夫熟睡的脸。

提奥诊断出衰老时，她曾想过辞职，陪伴提奥度过人生的最后时光。但提奥不会喜欢这样吧。他是个为工作骄傲的人。如果绘里香为了他辞去自己被提拔到的主任工作，可以想象他会有多悲伤。

而即使提奥走了，绘里香的人生还是要继续。不知道自己还剩多少年，虽然不是长寿种，但也有人能活到将近三十岁。

绘里香原本决定，即使搬进关怀房，还是要保持日常生活。

但看到就在自己眼前慢慢衰老的丈夫，她也不知道自己的选择到底是不是正确的。应该现在就辞掉工作，片刻不离地陪在丈夫身边吗？

"对了。"

绘里香站起身，从搬家纸箱中拿出装有孩子回忆的糖果盒，放到枕边。提奥醒过来就能看到。她要一直把它放在提奥伸手就能拿到的地方。

这一天，提奥就这样一直在睡觉。直到第二天绘里香快要去上班的时候，他才终于起床。

绘里香从十五区上班的日子就这样开始了。早上给提奥做早饭一起吃。拜托员工照顾提奥，自己上班。在行政府的食堂里，完成主任的忙碌工作。

休息时，用手机给关怀房的提奥发消息。午饭吃了什么？过得好吗？诸如此类。有时候会有回信，有时候没有。

下班后回十五区的路上，换乘前绘里香先去超市买东西，再坐上轻轨。关怀房附近没有大型超市。回到家，和基本上一整天都在房间里的提奥一边聊白天的事，一边做晚饭，然后一起吃。

吃过晚饭，两个人会在设施内或者海岸线的道路上散步。电动轮椅和徒步。为了尽可能与提奥看到同样的景色，绘里香常常会蹲在他旁边，随着提奥的视线眺望夜晚的大海。休息天也会在附近漫步。

搬到关怀房以来，半个月过去了。

随着绘里香逐渐习惯了新的上班路途与新的生活，提奥的身体则是呈反比地日渐衰弱下去。洗澡也无法自己一个人做到了。工作人员报告说，他如厕失败的次数也越来越多。倦怠感很严重，哪怕是白天在兴趣房里，也会在轮椅上睡着。

这一天下班后，绘里香正在超市买东西，工作人员打来了电话说，提奥在图书室睡着了，现在送回到卧室床上睡了。这样的话，要么半夜醒来，要么一直睡到早上。无论哪种情况，烧好晚饭也不可能吃的。吃得也越来越少。

绘里香不再买东西，她带着沮丧和悲伤的心情，踏上回家的路。

"提奥，我回来了。"

绘里香想着他应该在睡觉,但进门的时候还是招呼了一声。她放下东西,来到卧室。

提奥的确在睡觉。削瘦的脸颊上长着稀稀拉拉的短短胡须。紧闭的双眼深陷下去,把他原本温和的五官变成了阴沉的相貌。

难以形容的痛楚击中绘里香的内心。面对日渐衰弱的伴侣,自己什么都做不了。不断逼近的死亡,原来是如此势不可当。

但是——绘里香摇摇头,甩开灰暗的念头。提奥在这里。我发誓会陪他走完最后一段。不要移开视线。

忽然,她看到放在床头柜上的那个装满回忆的糖果盒——搬家当天放在那里的——位置挪动过了。绘里香不在的时候,不知道提奥打开过多少次。

她拿起糖果盒,打开盖子。用埃里希照片做的明信片放在最上面。十五岁的提奥,抱着埃里希在笑。旁边是十五岁的绘里香,也在笑。那是在住了八年的家庭住宅客厅里,当时住在隔壁的夫妻帮他们拍的。绘里香想起那对夫妻第二年也一起搬去了关怀房。

埃里希的照片拍得太可爱了,所以订购了打印服务,制作了好几张明信片。这些明信片并没有什么地方寄,只是单纯的纪念品,但两个人都很满足。

"哎呀?"

绘里香忽然发现明信片背后写了什么。黑色签字笔写的字。她凝神细看，辨识文字。

"谢谢你，绘里香。"

文字歪歪扭扭，难以辨认，但那是提奥的字。

肯定是用无力的手拼命握住签字笔写的。趁绘里香不在家的时候，悄悄写下平时难以启齿的话。

"我说了不要道歉，但这样的惊喜也太让人害臊了。"

绘里香慌慌张张盖上糖果盒的盖子，不让涌出的泪水打湿明信片。她把盒子放回枕边，俯身亲吻蜷着身子熟睡的提奥额头。

祈祷他能多活哪怕一天。

母亲与孩子

中央一区的中心街区，集中了行政的中枢功能。位于行政府大楼背后的波拿巴咖啡馆，就是尚美的工作地点。她是服务生，偶尔也会去厨房帮忙。工作六年，今年尚美二十一岁。

"非常感谢！"

咖啡馆里的客人络绎不绝。有些人会坐下来休息，有些人买了咖啡带走。最特别的是，这家波拿巴咖啡馆有很多长寿种的客人，和短寿种的比例大约是一半对一半。这远远多于一般的餐饮店。大概是因为有很多隶属于行政府等中央机构的人来喝咖啡吧。

长寿种是偶然产生的，大部分都会在早期基因筛查中发现。之后长寿种会接受专业机构的英才教育。他们拥有比一般人长好几倍的寿命，通常会从事责任重大、需要持续工作的重要职务。这就是行政府里有许多长寿种的原因。

尚美是短寿种。在她看来，自己无法承担的重大责任，能由长寿种代为承担，这是难能可贵的。长寿种值得短寿种的尊敬和感激。

但在波拿巴咖啡馆工作了六年，她却再也无法尊敬长寿种了。

"慢死了。我赶时间！"

在外卖柜台大吼大叫的是位长寿种客人。看上去年纪就很大，胸口佩戴着行政府职员的徽章。

"非常抱歉。"

店长从里面走出来，低头道歉。那个客人从年轻店员的手里一把夺过装咖啡的纸袋。

"我做的工作你们根本做不来。先给我做。"

那人丢下这句话，推开其他客人，走了出去。在尚美看来，给他的咖啡并没有延误。另一位客人明明排在他前面，只不过那位客人是短寿种罢了。

公营的波拿巴咖啡馆经常会遇到这种蛮不讲理的长寿种。尚美认为，长寿种寿命很长，身体异于常人，因而常常会有扭曲的精神结构。他们喜欢抱怨，一旦自己没有得到优先对待就会大发雷霆，还有很多性格傲慢的人。他们看起来脏兮兮的，脸上都是皱纹，或者是肥头大耳的样子。头发要么秃了，要么白了。有的人胖得像猪，也有人瘦得像芦柴棒。

长成那副样子，难怪内心扭曲。

尚美带着这样的想法，无视客人的无理要求。在后厨里，员工们全都讨厌长寿种，所以从某种意义上说，大家有种同谋的感觉。

"欢迎光临。"

铃声响起，提醒有人进店。那是一位经常来店的男性长寿种。

"我一个人。还有午饭吗？"

他用平静的声音说，外表看起来比尚美大十多岁。他是个温和的客人，算是长寿种当中的异类。

"对不起，午餐时间结束了。"

尚美一边领他入座，一边回答。通常来说，即使过了时间，只要还有剩余的食材，也可以继续提供午餐。但不巧的是，今天的食材一点儿都没剩下。不过那位客人只是点了点头，并不在意。

"是啊，已经快傍晚了。"

"三明治怎么样？有火腿、鸡蛋和黄瓜。还有土豆沙拉。"

"好的。再给我一杯咖啡。"

说完，他眼镜后面的双眼眯成了微笑的形状。许多长寿种都会毫无理由地发火，像他这样沉静温和的人真的很少。以前他也和其他人一起来吃过午饭，可能是前同事，尚美听到其他人喊他"高田"。他可能是教师，因为桌上摊开的书籍像是课本。如果长寿种都是他这样的人，尚美的工作就会变得很轻松。不过，这位高田也会变得满脸皱纹、蛮不讲理吗？尚美无法想象那副样子。

"尚美，差不多到时间了，该下班了。"

听到男性店长的招呼，尚美点点头。

"嗯，不过我再坚持一会儿。丈夫约好了来接我。"

"感情真好啊。你老公负责管理皮克斯公司的工厂吧。"

"算是负责人，但其实厂房很多，他只负责其中一间罢了。"

虽然嘴上谦虚，不过尚美也对丈夫吉尔德的工作很自豪。大部分企业都是公营的，而由长寿种经营的民营企业薪酬更高、工作内容也更宽泛，非常热门。吉尔德所在的皮克斯公司就是那样的民营企业，生产电子产品，他是厂长。

过了半个小时，尚美看到吉尔德来了，于是打了声招呼，匆匆换掉工作服，披上针织外套，从后门绕到外面。

"吉尔德。"

"尚美，累了吧。"

吉尔德轻轻抱了抱尚美。由于就在单位门口，尚美有点不好意思，很快推开了他。回头一看，高田坐在窗户后面，正面带微笑看着自己。尚美羞涩地朝他点头致意，推着吉尔德的后背离开。

"那个客人,是长寿种?"

吉尔德一边走一边问。

"嗯,好像比我们大十岁。是常客。人很好。"

"长寿种还能有好人?"

吉尔德所属的皮克斯公司,总经理也是长寿种。他大概是指那个家伙吧。

"听到你夸他,我有点嫉妒哦。你喜欢那种气质的男人?"

听到这话,尚美笑了起来。

"我喜欢的男人是你呀,我的老公。"

店长说两个人感情很好。尚美也觉得自己和吉尔德的感情确实很好。

吉尔德很温柔,无论什么时候都会听尚美的话,尊重她的意见。尚美虽然并没有强烈的自主意识,但丈夫愿意倾听她的意见,这让她感觉很难得。他们是在统一政府的匹配中相遇并结婚的,这固然是理所当然的过程,不过两个人都打心底觉得,对方非常合适。

"晚饭吃什么?"

"蔬菜很多,做沙拉吧。"

两个人一边闲聊,一边像往常一样走进公园。他们的家庭住宅位于一区的郊外。不过虽说是郊外,但一区本来就是城市功能集中的地区，到处都得到了充分的开发，因而他们住的地方也是现代化的街区。之所以在回家的路上穿过这样一座大公园，是因为他们想要在绿意盎然的地方感受新鲜的空气。尚美在北区长大，学校和宿舍都坐落在绿树成荫的地方。

两个人并肩走在公园里，右边传来孩子们的欢呼声。在树林和高墙的另一侧，是中央区的儿童之家。中央区有好几所儿童之家，孩子们在那里共同成长，宿舍也在一起。吉尔德出身于中央区，不过读的是这个公园另一边的学校。虽说很少离开宿舍和学校，但中央区终究算是他的故乡。

孩子们的声音清晰地传过来。现在是夏季，太阳很晚才落山，估计孩子们在外面活动的时间也延长了吧。

"声音好大啊。"

"是啊。这个年纪的孩子，我们长大以后都没机会见到，所以听起来声音就更大了。"

吉尔德说得没错。除非是在儿童之家工作的教职员工，否则成年人基本上没有接触孩子的机会。四五岁的孩子到底多能折腾，除了自己的童年记忆之外，他们一无所知。

"不知道拉拉过得好不好。"

尚美喃喃自语。吉尔德没有漏过这句话。

"嗯，拉拉肯定是个假小子。"

尚美微笑以对。拉拉是尚美和吉尔德的独生女。经过三次流产，尚美终于在十七岁时生下了这个宝贝女儿。在分娩拉拉的过程中，医生发现了尚美的病灶，摘除了她的子宫，所以今后她不可能再怀孕了。拉拉是两个人唯一的孩子。如今拉拉生活在北方区的儿童之家，年纪应该四岁了。

"要是我能多生几个孩子就好了。"

这是一个优待多生孩子的社会。虽然吉尔德在民营企业里挣了很多钱，两个人的生活足够富裕，但尚美还是感到有些自卑。有那么多夫妻都生育了许多孩子。

吉尔德温柔地搂住尚美的肩膀。

"没关系的。我们有拉拉。你和拉拉告别的时候，哭得很伤心。我不想让你一次又一次经历那种痛苦。"

"吉尔德。"

"对我们来说，有拉拉的回忆就足够了，对吧？"

尚美听到丈夫充满同情的话，深深点头。

"是啊。我们能有拉拉，已经很幸福了。不能要求太多呀。"

"好了，回去吃晚饭吧。我也一起帮忙。"

两个人肩并肩往回走。绿树另一侧依然传来孩子们的欢呼声。

那天尚美的运气不太好，从早上开始就十分忙碌，根本没空休息，还要挤出时间来弥补新员工的失误。最糟糕的是，临近下班的时候还被客人撞了。那个大腹便便的长寿种客人，结完账出店门的时候，狠狠撞上了尚美。尚美手里端着托盘，盘子里放着从桌上回收的杯子和盘子。伴随着刺耳的声音，那些餐具都在地上摔得粉碎。

撞她的胖子瞥了她一眼，吼了一声"没长眼睛啊！"，随后便离开了。尚美的服务生素质让她立刻说了声"对不起"，但那人的反应实在令她目瞪口呆。不管谁来看，都是那个客人撞到了她。同事跑过来帮她收拾散落的玻璃和瓷器碎片。

"那家伙怎么回事？应该找他赔。"

同事们交头接耳，难掩愤怒的情绪。尚美苦笑着说：

"这里是公营场所，那人也戴着行政府的徽章，所以哪边付钱都一样。别为这个纠结了。"

"可是你看他那副专横的样子，太让人生气了。"

生气。在这里工作，只会让人厌恶长寿种。尚美知道自己不是唯一这么想的人。

总而言之，尚美下班的时候已经累得精疲力尽了。今天吉尔德下班也晚，所以尚美只能一个人回家。晚饭也各自吃各自的。尚美打算用家里剩的面包、火腿片和蔬菜将就一下。她一边计算晚餐，一边穿过平日里的公园。右边依然传来孩子们欢快的喊叫声。每年夏天，下班回家的时候都能听到那些声音，而今年尚美尤为在意。并不是不爱听。那声音萦绕在耳朵里久久不去。

也许因为自己本来就没有几个孩子，听到稚嫩欢快的声音才觉得特别珍贵吧。有种憧憬的心情。

忽然间，像是被吸引了似的，尚美朝声音传来的方向看去。她在树林中间通往围墙的地方看到了一条狭窄的小路。小路两边都是茂密的矮树，一走进去，光线就被枝叶遮蔽得严严实实，漆黑一片。尚美感觉这里肯定有很多蚊子，不过还是顺着小路继续往前走。

紧接着，眼前出现了一个小小的影子。橙色的阳光从枝叶缝隙间照出那个影子，是个小孩子。

尚美咽了一口唾沫。为什么这里会有个小孩子？

走得近了，看清了那个孩子的身影和相貌。是个三四岁的小女孩。蓬松的头发扎在一起，身上穿着类似围裙的衣服。可能是儿童之家的制服。

"别担心。"

那孩子看到尚美，说的第一句话就是这个。尚美凝视着小女孩，不知道那稚嫩的声音说的是什么意思。

"只有我、克莱尔、马丁知道里面的木门坏了。老师不知道。不用担心。"

她好像是在解释自己为什么会在这里。老师不知道，所以没关系。大概是这个意思吧。

"里面的木门……你是这里的孩子呀。从坏掉的木门里溜出来的吗?"

"这个时间老师都很忙,不会发现的。"

她对着不认识的大人说个不停。感到压力的反而是尚美。自从成年以来,尚美从没有和这个年纪的小女孩说过话。

"会被发现的哦,你应该赶快回去。"

一边说,尚美一边仔细端详着小女孩的脸庞。浅褐色的头发和吉尔德很像。大大的眼睛是深褐色的。是个很可爱的女孩。

"你叫什么名字?"

女孩无视了尚美的忠告,问她。尚美有些不知所措地回答说:

"我叫尚美。"

"尚美。以前有个小孩,和你名字一样。很好听的名字。我叫拉拉。拉拉。"

她的名字让尚美目瞪口呆。

拉拉。和女儿同名。

"拉拉……你叫拉拉?"

"是哦。"

"你一直生活在这里吗?"

自己的女儿拉拉生活在北方区,还领到了成长通知书。尚美心里认为绝不可能,但还是忍不住问。

拉拉点点头。

"是呀,一直在这里。很小时候的事记不得了,应该是吧。"

通常来说,婴儿出生六个月后,就会被送去儿童之家,再送到和夫妻居住地不同的地域,在新地方长大。这是为了不让夫妻关注已经出生的孩子,尽快怀上下一个孩子,或者集中精力工作。如果住在附近,夫妻难免会牵挂自己的孩子,还会向员工和老师打听消息。

不过尚美也听说过,如果遇到特殊情况,或者其他地区的名额刚好满了,也有可能放在夫妻所在的地区抚养。这种情况下,有管辖权的另一个地区依然会发来成长通知书,就像孩子还在那里生活一样。虽然这只是传闻,但尚美看着眼前这个自称拉拉的小女孩,心跳越来越快。

上上个月收到的通知书上写了拉拉的身高和体重。多少来着——尚美拼命回想,对比眼前这个孩子的体格。

头发颜色和吉尔德一样。婴儿时的拉拉也是这个发色。可能是心理作用,尚美觉得她端正的五官也和吉尔德相似。

"拉拉……"

"尚美,你是做什么的?"

"啊，这个，我在行政府后面的波拿巴咖啡馆做服务生。"

"服务生就是端咖啡、送比萨的人吧？真酷。"

这个职业没什么酷的，不过在孩子看来，成年人大概都很酷吧。看到拉拉热切的眼神，尚美不禁露出了笑容。

"谢谢。拉拉……你几岁了？"

"四岁。"

年纪也一样。尚美的心中涌现出骚动不安的预感。也许这孩子……

"啊，铃响了，我要回去了，再见，尚美。"

远处传来儿童之家的铃声。大概是吃晚饭的信号。

拉拉转过身，长发飘扬，消失在灌木丛后面，这一切发生得太快了。

尚美穿过拉拉消失的灌木丛，沿着围墙往前走，看到那前面确实有一扇木门，像是很久没有用过的样子。可能以前是当作紧急出口用的，但已经破烂不堪，铰链都脱落了。透过微微开了一条缝的门，可以看到里面是森林般茂密的树木。孩子们大概已经回到了楼里，听不见声音了。

自己是不是做梦了？尚美在门前呆呆站了半晌。

自己遇到了一个名叫拉拉的小女孩。和女儿同名、同年、同样的发色。

尚美跌跌撞撞地走回家，只洗了个澡，晚饭都没吃就倒在床上。那个名叫拉拉的小女孩，一直萦绕在脑海里。

如果拉拉生活在北方区的消息是伪造的，那么她有可能一直生活在中央区，也就是自己把她交出去的地方。

那孩子会是自己和吉尔德的女儿吗？

这个想法占据了尚美的内心。但她只能这么想。尚美闭上眼睛，克制住自己愚蠢的想法。

冷静点，好好想想。不可能这么巧。而且每隔几个月，北方区就会寄送成长通知书过来。虽然不知道女儿现在长什么样，但她的智力测试、体质测试的结果，都会发送给尚美。正常来说，那个女孩只是凑巧同名而已。

"忘了吧。"

就当做了个奇怪的梦。别再多想了。

尚美就这样睡着了。等她再醒来的时候，已经是吉尔德回到家的深夜了。

尚美没有把那个小女孩的事情告诉吉尔德。

第二天，尚美一如既往在咖啡馆上班，然后同样在傍晚时分下班，一个人回家，和往常一样穿过公园。

走进小路的时候，尚美心里当然也想着有没有哪怕万一的可能性。她期待着再一次的相会。

然而在昨天同样的地方，并没有看到那个名叫拉拉的小女孩。

只听到孩子们的尖叫声从围墙后面传来。阴暗的小路上，除了偶尔几处漏下来的阳光，到处都是一片昏暗。蚊子嗡嗡地掠过脸颊，尚美伸手驱赶。

这样挺好的。尚美转身离开。她有种不可思议的情绪，像是遗憾，又像是松了一口气。

在那之后，尚美每天都会绕经那条小路再回家。她并没有打算一定要见到那个名叫拉拉的小女孩，但就是忍不住想过去看看。

她只见过拉拉一次，但回想的次数越多，越觉得她长得很像吉尔德。这样不行。她不是自己的女儿。尚美很想再见见她，哪怕是为了确认她不是。

之所以想见拉拉，就是因为这种感觉吧。尚美这样解释自己的行为。

距离第一次见面刚好一个星期的时候，黄昏时分，尚美又一次见到了拉拉。

"你好呀。"

尚美鼓起勇气打了声招呼，拉拉转过头。她正蹲在路边。

"尚美，你好。"

她还记得一周前遇到的大人名字。笑嘻嘻的样子太可爱了。

"你看，蚁狮。不过这边没有蚂蚁。蚁狮会不会饿肚子啊？"

拉拉天真地朝尚美招手。尚美来到她身边，也蹲下去看。她感觉周围有蚊子，于是给自己和拉拉都喷了随身带的驱蚊喷雾。

"你总是这样子溜出来玩吗？"

"有时候吧。现在这个时候，老师都在给小孩子洗澡。我们这些大孩子要等吃完饭再洗，现在没事情。可以在外面玩，也可以在玩具室里玩。"

拉拉得意地说。尚美忽然想起自己带了东西，她在包里摸了摸，掏出一块包好的球形巧克力，拿给拉拉看。

"你喜欢巧克力吗？喜欢的话就给你。"

"可以吗？"

拉拉瞪大了她那双褐色的眼睛。这种巧克力在市场里的价格有点高，至少儿童之家里不会出现这种零食。

"这是剩下的，你吃吧。"

其实尚美一直把巧克力藏在包里，这样不管什么时候见到拉拉都可以给她。拉拉接过大大的巧克力球，整个塞进嘴里，咕叽咕叽嚼了半天。她的嘴塞得满满的，一时说不出话，不过眼神透出很喜欢的样子。

"好吃。这么好吃的巧克力,我还没吃过呢!"

"下次……下次见面的时候,还带给你。"

尚美知道不能做这样的承诺,但看到拉拉开心的样子,还是忍不住说出了口。不知道是不是太喜欢巧克力了,拉拉果然两眼放光。

"真的?那……星期五没几个老师,那天我可以再溜出来。"

三天后的星期五。尚美点点头,对拉拉说:

"好,那就星期五。我会尽量早点来。啊,对了,你的朋友知道这里吗?能对她们保密吗?"

"能呀。我不会告诉马丁,也不会告诉克莱尔。啊,打铃了。"

听到儿童之家传来的铃声,拉拉站起来,转身跑了。裙摆和长发飘扬着消失在树丛中。

尚美盯着树丛恍然出神。四岁的拉拉,聪明可爱的女孩。头发的颜色和长相都和吉尔德很像。

"她会是我们的拉拉吗?"

如果是的话,这可能是一个非常难得的偶遇。本以为再也见不到的女儿,本应该在遥远的土地上成长的女儿,却这样重逢了。

从那天起，尚美开始了和拉拉的交流。尽管没有约定，尚美下班时总会去那条小路绕一圈。每个星期，拉拉都会躲开老师和其他孩子，偷偷溜出来两三次见尚美，和她并排坐在长椅上聊天，或者在周边散步。尚美给她巧克力或者饼干的时候，她总是兴高采烈地大口吃下去。

女儿。

越是见得多，尚美心中的疑虑就越是转成确信。这个拉拉毫无疑问是自己生的孩子。和丈夫同样的发色、同样的眼睛，健谈的性格和果断的行动力也和吉尔德一模一样。没错，她就是。可能是由于某种原因，她被留在了中央区抚养。

竟然与心爱的女儿奇迹般地再会了。即使不能告诉她自己是她的妈妈，只要能和她共度这短暂的时光，尚美也觉得无比幸福。

"在儿童之家，四岁就可以做姐姐了。"

拉拉得意地说。

"我会帮老师照顾小孩子。我要带一岁的莎伦和肯睡觉。他们俩都爱哭鼻子，但只要我哄他们，他们一下子就睡着了。"

儿童之家里抚养着零到六岁的孩子。自然会有大孩子照顾小孩子的情况，成为一个大家庭。尚美想起自己小时候也是一样。

"拉拉真是能干呢。能给老师帮忙，真了不起。"

"其他人都是小孩子。马丁他们虽然也是四岁，但是上次还尿了床。我绝对不会尿床的。"

用大人般的口吻说尿床的事，听起来格外可爱。尚美笑了起来，连声附和。

"拉拉，你想去外面看看吗？你偷偷溜出儿童之家，是想去哪儿看看吗？"

"我想看看外面呀。大家都想。不过等我们上学的时候就能出去了，再长成大人的时候还会到外面上班。"

也就是说，拉拉溜出儿童之家，半是因为刺激，半是因为好玩，并不是真的想离开。尚美有点失望。如果拉拉认为儿童之家的环境很痛苦，她就有理由把她带走了。

想到这里，尚美忽然感到不寒而栗。自己到底在想什么呢。和自己的孩子见面，有什么值得炫耀的呢？她并没把拉拉的事告诉吉尔德，这也是出于内疚。然而现在居然还想把拉拉带走。

为了掩饰自己的狼狈，尚美问拉拉：

"儿童之家好玩吗？"

"要学习呀。写字啦、算算术啦，现在我也会一点，但会的不多。要是能看懂绘本就好了。"

"你喜欢绘本？"

"老师会给我们读。等我会读的时候，我就要读给小孩子听。我们做读书练习的书,总是会被六岁的孩子拿走,说我们四岁的孩子读得太早了,根本看不懂。太可气了。"

拉拉嘟着嘴,不高兴地说。对于即将上学的六岁孩子霸占绘本这种情况,她很不满。

"拉拉,下次我给你带绘本吧。要不要在这里看看书?"

"我想呀!你有绘本吗,尚美?"

"有几本。虽然不能让你带回去,但是可以在这里读。"

其实尚美并没有适合孩子读的绘本。绘本由政府统一出版,也不知道一般书店里能不能买到。不过以前尚美在咖啡馆里见过拿着书店纸袋和绘本的客人。现在回想起来,那客人可能是儿童之家的员工。或许可以去那家书店看看。

"不知道收到哪里去了,可能要找一找,你等我几天好不好?"

"好的呀。尚美真了不起。大人就是什么都有。巧克力也有,绘本也有,好厉害呀。"

不,大人也不是什么都有的。只是在分配好的环境里,过着分配好的生活罢了。

当然,成年人的生活并没有什么不自由。尽管鼓励多生孩子,但尚美这种只生了一个孩子的人,也能享受每天平静的生活。

与此同时,尚美也在想,拉拉所认为的自由,会在哪里才有呢?那样的自由,也是尚美自己小时候模糊想象过的自由。

(我连和自己女儿生活在一起的自由都没有。)

尚美在心里低语。她听到铃声响起。时间到了。两个人约好下次见面的时间。

休息天,尚美依靠记忆去了一区的书店。和她的担心相反,问了问店员,马上就拿到了两本绘本。那是面向幼儿的绘本,没用到任何复杂的字词。这种还适合给拉拉练习写字。

尚美又去市场买了新的巧克力,同时没忘检查配料表,看看是否含有酒精成分。太苦也不适合孩子。拉拉喜欢草莓味和甜橙味的,加焦糖的也很喜欢。

尚美买了很多东西才回家。回到家里吓了一跳。吉尔德已经回来了。尚美本以为他今天要加班,回来还会再晚一点。尚美有点担心,匆匆走进家门,把绘本和巧克力塞进靠大门的柜子,还在上面堆了食品罐头遮掩。

"尚美,你回来了。"

吉尔德从客厅探出头打招呼。尚美露出若无其事的笑容。

"你下班这么早。还好中午买了很多面包。"

"预定的会议取消了。等下去散散步吧?"

"嗯,好呀。"

尚美内心忐忑地走进客厅。她想趁吉尔德不注意的时候把东西拿出来,但又怕惹起他的疑心。

吉尔德是个认真的人。如果知道尚美和女儿重逢,还和她定期见面,肯定不会同意。至少眼下还不能和他说。

一直等到吉尔德晚上洗澡的时候,尚美才有机会把藏起来的东西装进上班的包里。

第二天,尚美带着绘本和巧克力早早来到公园的小路。

"尚美!"

看到尚美的身影,拉拉立刻跑了过来。肯定很期待吧。尚美把手指竖在嘴唇上做了个噤声的手势,递出绘本。

"绘本!"

"我们来一起读吧。"

两个人并肩坐在长椅上。茂密的灌木和树丛挡住了长椅。尚美给拉拉和自己身上都喷了平时常用的驱蚊剂,借着枝叶间洒下的夕阳余晖,翻开绘本。

"'……他说。这么一看……'尚美,这个读什么?"

"'山里有座瀑布'。"

"瀑布是什么?"

"就是河水集中在一起,从很高的悬崖上落下来的地方。"

尚美指着插图,一边解释,一边想到自己也没见过那样的景色。只是作为书面知识知道而已。统一政府及其下属的行政府所管辖的地区虽然具有城市功能,但其他地方都是山野森林。据说有些地方还保留着几百年前的城市遗迹,但尚美从没有见到过。

"那,接下来呢?"

"'有一只大鸟'……哈,我全给你读一遍好不好?"

"不要,我要自己练习。"

"练习也要有参考吧?这本绘本你以前都没读过。"

拉拉把书递了过来,尚美微笑着从头开始读。遗憾的是,还没读到最后,铃声就响了。

"下回接着读吧。"

"尚美,下次你什么时候来?我后天可以溜出来。"

"知道了。不过别太逞强了。万一被发现,拉拉就惨了。"

实际上不是的。不光是拉拉惨了。坏掉的木门也会被堵上,自己就再也见不到拉拉了。

没错,这样的密会危机四伏,随时都会成为最后一次。尚美的指尖隐隐作痛,内心充满焦虑。

"拉拉,再见,千万要小心哦!"

"后天,一定要来哦,尚美。"

在夕阳的映照下,拉拉浓密的头发闪耀着金灿灿的色泽。尚美凝望着这幅犹如绘本般的梦幻景象。

由于沉迷在绘本中,拉拉没有碰巧克力。长椅上散落着包在塑料纸里的甜橙味巧克力。

回到家,吉尔德已经先回来了。最近这段时间,尚美一直拒绝吉尔德来接她。为了不让吉尔德怀疑,尚美装出灿烂的笑容。

"吉尔德,我回来了。"

"尚美,又加班啊,真辛苦。咖啡馆很忙啊。"

"暂时性的,傍晚轮班的女生休假生孩子去了。"

尚美编了个借口。吉尔德没有怀疑。

"尚美,别太累了。不管怎么说,我们都二十一岁了。"

"讨厌。现在不正是年富力强的时候嘛?我们离衰老还早呢。"

尚美从冰箱里拿出食材,对吉尔德说。

"一起做晚饭吧。鸡肉沙拉和意大利面汤。"

"好啊。我来负责加到汤里的欧芹。"

"那个太简单了,不行的。"

两个人一同笑了起来。

总有一天，我要把拉拉带给吉尔德看。尚美祈祷般地想。

尚美希望能够三个人面对面聊天。哪怕一次也好。要是能有那样的机会就好了。

不过现在还不行。吉尔德不会同意见拉拉。在没办法说服吉尔德的情况下，向他坦白这件事，只会导致自己和拉拉分开。

尚美不想失去见拉拉的机会。这是她最强烈的愿望。

接下来的几次密会，拉拉把两本绘本都读完了。尚美提议说再带新的来，但拉拉说还想用这两本多练习练习。因为之前读的时候还是需要尚美教，所以她大概希望自己能够独立阅读吧。按她四岁的年纪来看，拉拉可以说很聪明吧，这算是父母的偏见吗？她确实和吉尔德一样聪明。尚美一边教她认字，一边享受着母女俩的短暂时光。

自从遇到拉拉以来，时间已经过去了将近两个月。夏天推迟的日落，随着秋天的到来，也开始慢慢提前。以前响铃时依然明亮的天空，今天已经染上了淡淡的墨色。本来就很昏暗的小路，在没有阳光的地方更是像夜晚一样漆黑。

"拉拉，打铃了，该回去了。"

"嗯，我回去了。"

拉拉依依不舍地看着绘本，然后抬头盯着尚美的脸。

"尚美，我想看看'瀑布'。"

"瀑布……"

那是绘本里画的深山瀑布。拉拉只在插图上看过。

"我想去看瀑布。和尚美一起。"

尚美咬住嘴唇。我也想看。和你一起。

她用尽全力咽下自己的话。不能说这种令她期待的话。

"等你长大成人，我们就去看。那时候拉拉会比现在更自由。"

虽然是诡辩，但尚美想不出别的安慰拉拉的话语。拉拉用褐色的眼睛定定地看着尚美问：

"尚美，你长大成人以后看过瀑布吗？"

"……没有，我也没看过。"

"那一起去吧，好不好，尚美？"

拉拉天真无邪的愿望是不可能实现的。等拉拉十五岁成年，走上社会的时候，尚美已经不在人世了吧。而且拉拉也会被纳入就业和结婚的社会系统中去。

拉拉一定会忘记自己和尚美的约定。她也会成为母亲，生下注定送走的孩子。

"为什么……"

尚美下意识地自言自语。她眼中噙泪，握紧拳头。

"尚美？"

为什么必须把母亲和孩子分开？国家要求上交孩子，是为了不影响下一个孩子的怀孕和出生。但尚美已经不可能再有下一个孩子了，那么她不就可以抚养拉拉了吗？这当然合乎情理。没理由要求自己和拉拉分开。

而且不光是自己。母亲都会爱自己的孩子吧。怀胎十月，忍受着剧痛分娩，养育半年时间。那样的掌上明珠，却因为政府的政策而被夺走，这合理吗？政府有权拆散家庭吗？太莫名了。

"我也想和拉拉一起去看瀑布。"

尚美用颤抖的声音低低地说。

"好想去啊。想和拉拉一起，手牵着手去。"

"好呀。瀑布应该在山里吧。我会拉着尚美的。"

拉拉露出阳光般灿烂的笑容，然后转身消失在灌木丛中。

尚美心中充满了愤怒。这是一种对于荒谬世界的无法抑制的感情。这个世界太奇怪了。尚美再也无法心平气和地接受这种荒谬了。

因为她和拉拉重逢了。再次见到了唯一的、心爱的女儿。吉尔德和自己的可爱女儿。

如果能和女儿生活在一起该有多好。一起吃饭、一起散步。可以给她梳理浓密的长发,也可以在睡觉前给她读好多绘本。

"妈妈。"

尚美一想到拉拉这样喊她,就忍不住热泪盈眶。如果告诉她,自己是她的妈妈,她会是什么表情?会一脸不解吗?还是会因为自己与父母分开生活的事实而悲伤呢?

"吉尔德,我有些话想和你说。"

那一天吃过饭,尚美终于开口。这份痛苦和整个社会的矛盾,她不能再沉默下去了。其他所有人都不理解也没关系。她只希望吉尔德能理解,也希望他能共情。

看到那个孩子,吉尔德肯定也会改变想法的。

"怎么了,这么严肃?"

吉尔德嘴上这么说,但似乎并没有意识到尚美要说的事有多沉重。

尚美慢慢地说起这两个月来的事。偶然遇到了女儿,不断和女儿见面。还有希望有一天能和女儿一起生活。

"你在开玩笑吧,尚美?"

尚美说完的时候,吉尔德一脸疑惑地盯着她看。他虽然这么问,但显然也知道尚美不是在开玩笑。

"拉拉是在北方区……"

"成长通知书不能当证据。偶尔也会有孩子和父母在同一个地区抚养的情况。吉尔德你也听说过吧。"

"可是……"

"那孩子和你很像。发色,长相。而且也很聪明,很活泼。"

吉尔德苦笑着皱起眉,然后摇了摇头。接下来,他看尚美的神色变得严峻起来。

"就算那孩子真是拉拉,你也知道不该继续见她。"

"我知道。我知道的,吉尔德。可是,她是女儿呀,是我们的拉拉呀。"

尚美摇着头,语气强硬地反驳。

"我想见自己的女儿,这不是很正常的吗?"

"但是不行。如果被人发现,你会被治安维持部队抓起来的。"

治安维持部队是各行政府设立的警察组织,负责打击犯罪,保护政府管辖的重要地区。如果和儿童密会的事情败露,尚美有可能被拘留,行政府还有可能把她送进监狱。

"尚美,我很担心你。"

吉尔德垂下眼睛,严肃地说。

"请答应我,不要再去见那个孩子了。就算是为了我。"

"吉尔德,她是你的女儿啊。"

"我是你的丈夫,你是我的妻子……我们是一家人。"

尚美再也说不出话。她只能低下头,竭尽全力点了点头。

她觉得这世界上所有人都在与她为敌。就连丈夫也不理解她。尚美绝望地低着头。但她还有工作。今天还要去波拿巴咖啡馆上班。

秋意渐深,太阳落山的时间也越来越早。再往后,如果在她们原本见面的时间点上,小路就已经一片漆黑的话,拉拉大概就不可能溜出来了吧。那样的话,尚美就见不到拉拉了。

等到来年初夏,还不知道木门会不会被修好。尚美不敢保证明年还能不能见到拉拉。

"还有午饭吗?"

这一天,过了下午两点,那个名叫高田的男性长寿种又来了。对了,这个人可能是教师。

"有的。还有卷心菜配煎肉饼。"

"那给我来一份,顺便再来杯冰咖啡。"

"那个,先生……"

尚美小心翼翼地开口。

"您是学校的老师吗?"

"……嗯，我在中央区的中学教书。"

中学，那不行。如果这位熟客是小学老师，那再过两年，等拉拉上了学，自己就可以向他打听拉拉的情况了。即使分开，尚美也希望两个人的联系能够一直保持下去。

"您怎么知道我是老师？您是在中央区长大的吗？"

"啊，不不，我出生在北方区……只是前几天看到您带的书，感觉有点像课本。"

听高田一问，尚美慌忙装作闲聊的样子掩饰。

"我想，像您这么温柔的人做老师，孩子们会很幸福的。"

"温柔不温柔不知道……我是长寿种，希望我这一生能培养更多的学生，为社会做贡献吧。"

是啊，也许有一天，拉拉也会向这位男教师学习。那时候就算尚美已不在人世，高田也会送她走上社会的吧。这样的希望可以安慰自己的心灵吗？

吉尔德反对她。说她不该再去见拉拉。

他说："我是你的丈夫。"

吉尔德是尚美的家人。就算他不让自己去见女儿，也不能无视他。多年来，吉尔德一直支持着自己。无论是三次流产，还是生下拉拉，直至与拉拉分别的时刻，只有吉尔德一直陪在自己身边。

现在，吉尔德说，哪怕是为了他，也不要再去见面了。既然这样,自己就必须舍弃那种近乎妄执的感情。必须舍弃。

"老师,我先去给您拿冰咖啡。"

"不要喊我老师,有点不好意思。"

高田苦笑道。尚美朝他点头致意,回到柜台。

向拉拉道别吧。这是最后一次了。虽然心痛欲裂,但对我们母女来说,这都是最好的选择。

下了班,尚美走向公园。今天也是最后一次踏上那条小路了。如果今天拉拉不在,那就明天。如果明天不在,那就后天。和她好好谈谈,让这段邂逅告一段落。

透过郁郁葱葱的灌木丛,尚美看到拉拉坐在长椅上。天色已经暗了。

"尚美!"

拉拉抬起头来,气氛与往日稍有不同。她皱着眉,一脸悲伤。

"你好呀,拉拉。怎么了?和朋友吵架了?被老师批评了?"

"尚美,马丁把木门坏掉的事情告诉老师了。"

拉拉站起来,跑向尚美。

"马丁和克莱尔吵架,马丁告诉老师说,'克莱尔是坏孩子，总是从坏掉的木门溜到公园去玩'。明明他自己也会溜出去玩。结果老师马上去看了木门，让我们不要靠近，说很快会派人来修。"

尚美怔在原地，不寒而栗。她知道这一天早晚会来，但没想到最怕的日子竟然来得这么快。

不，这样不是正好吗？自己原本也是来向拉拉告别的。原本也是打算告诉她，再也不和她见面了。

然而真的面对再也见不到拉拉的事实，尚美的心就像被狂风肆虐过一样乱成一团。再也见不到可爱的女儿了。再也看不到她长大的样子。两个人从此将会生活在高墙的两边，咫尺天涯。

"我还想和尚美一起读更多的绘本。"

拉拉伤心地低下头。尚美蹲下来，把一包巧克力塞到她手里。

"吃吧，拉拉。"

"尚美，谢谢你。"

"今天你瞒着老师溜出来，很不容易吧。"

"也没有，老师只是让我们别靠近，并没有一直守在旁边。门在小孩子玩的泥巴坑后面，很容易就溜出来了。"

尚美嗯了一声，心脏怦怦直跳。没时间细细考虑了。

"拉拉，明天你还能出来吗？如果木门还没修好的话。"

拉拉歪头想了想，然后点点头。

"明天医生来体检，老师肯定也会很忙。我应该能出来。"

"那我们一起去看瀑布吧。"

听到尚美的建议，拉拉的眼睛顿时亮了起来。她应该是想起了绘本的插图吧。

"瀑布？能去吗？"

"嗯，我可以带你去。明天这个时间，你来这里，我们一起去。"

提出这个建议的时候，尚美的心脏跳得几乎要爆炸了。拉拉用力点点头，激动地扑到尚美怀里。

"太好了，瀑布！尚美，带我去！"

尚美紧紧抱住拉拉的身体。孩子的身体很温暖，散发着泥土和汗水的味道。

不能放手。绝对不能。

"我们约好了，拉拉。"

今天如果被人发现，那就糟糕了。所以尚美没等铃响，就把拉拉送走了。尚美也快步走回自己家。

她从衣柜里拿出最大的包，把那个带滚轮的布包仔细擦干净，然后又把内衣和衣服塞进第二大的包里。行李尽量少带。尚美把两个包塞回衣柜。吉尔德就快回来了。

尚美下定了决心。

第二天一下班,尚美就匆匆赶回家,拿上两个包出门。她把所有现金都带在身上。虽然大部分购物都可以刷卡结算,但也会留下自己的行踪记录,所以只能用现金。

尚美要带着拉拉离开这座城市。她要找一块能让两个人一起生活的土地,在那里生活下去。

拉拉坐在约好的长椅上等她,穿着平时的围裙和白鞋,双腿开心地晃个不停。

"拉拉!"

"尚美,我等你好久了!"

尚美一把抱住跑过来的拉拉,把准备好的连帽衫给她披上。

"尚美,这是什么?"

"拉拉去看瀑布的事情需要保密,所以要伪装一下。"

尚美尽力用明快的声音解释。

"你看,外面一般都没有像你这么大的孩子,走在外面很显眼的。用这个伪装一下,就不会有人过来打扰你和我的秘密探险了。咱们和他们玩一会儿捉迷藏。"

"嗯,明白了!"

拉拉欢快地应了一声,尚美让她钻进带脚轮的布包里。和预想的一样,拉拉小小的身体完全可以收进去。但在尚美拉上拉链的时候,拉拉在里面细声细气地说:

"尚美,我有点害怕……"

"哎？啊，太黑了是吧。"

看来她很怕包里的黑暗和压迫感。尚美设身处地想了想，自己肯定也一样害怕。

但不能在这里浪费时间。

"你能稍微忍一忍吗？"

"我怕黑。"

"拉拉，你不是要去看瀑布吗？能不能稍微忍耐一下？"

转眼间，拉拉的眼中便涌起了泪水。尚美大吃一惊。不仅仅是因为担心她哭起来不好收拾，更是震惊于自己把心爱的女儿弄哭了。尚美心中升起深重的罪恶感，急忙把拉拉从包里抱出来。

"对不起，拉拉。很害怕吧，是我不好。"

尚美抱住抽泣的拉拉，心里盘算，让她穿着连帽衫，专挑隐蔽的地方走。今天吉尔德下班晚。先把她带回家，再想办法。

尚美决定把中央八区的红灯区当作第一个目的地。听说那里有很多身份不明的人，行政府的管理也不到位。不过拉拉不能在那边长时间逗留，只能临时歇脚，再考虑下一个目的地。

无论如何，如果不趁现在把她带走，自己就再也见不到拉拉了。

先回家，让拉拉冷静下来，再想办法说服她，赶在吉尔德回来之前，找个车把她带去八区。如果拉拉睡了，说不定就能把她装到大包里带走了。

"拉拉，你愿意和我走吗？"

尚美又一次在拉拉耳边轻轻地问。拉拉抬起头，使劲擦了擦眼泪，然后露出甜美的笑容。

"嗯，我想和尚美去看瀑布。"

秘密探险。两个人能走多远呢？尚美强忍泪水，点点头。

她抱了抱裹着连帽衫的拉拉，提着包走了出去。就在这时——

突然间，眼前闪过一道光。尚美意识到那是照向自己的手电筒。

尚美立刻弓下背挡住拉拉，但还是被看到了。那是几个身穿工作服的男性，还有一名女性。肯定是修理木门的工作人员。没想到他们会在这个时候过来。

"你是谁？"

女性的声音里充满怀疑。尚美没办法说自己只是在散步。拉拉浅褐色的头发从连帽衫里露了出来。

"小孩子……？那不是我们的学生吗？"

尚美紧咬住嘴唇，屏住呼吸。紧接着，她扔下包，抱起拉拉，从小路跑出去。

"抢小孩！抓住她！"

女性大声尖叫，男人们追了上来。尚美细细的胳膊抱着拉拉，没一会儿就被抓住了。

"放手！把拉拉还给我！"

他们从尚美手里抢走了拉拉。那个模样像是员工的女性抱住拉拉小小的身体。男人们抓住尚美的胳膊。尚美拼命大叫。

"我的女儿！她是我的女儿！把拉拉还给我！我要和她一起去看瀑布！我们说好的！"

拉拉被吓得大哭起来。很快，治安维持部队和儿童之家的人都赶来了。员工带走了哭个不停的拉拉。

"拉拉！拉拉！"

尚美拼命挣扎，直到裹着自己连帽衫的拉拉消失，还在不停呼唤她的名字。

后来发生了什么，尚美全都不记得了。她知道自己被治安维持部队带走，接受了问询。但怎么被带走的，带到了哪里，一切记忆都很模糊。

在问询的过程中，尚美反反复复地说，拉拉是自己的女儿，自己可以抚养她，想带她走。其实，如果她说那是从儿童之家里走丢的孩子，被自己看到了，所以想把她保护起来，未尝不是一个开脱的借口。尚美也不是没有想到这种借口。但是，和拉拉约好的秘密探险本来也是事实，而且尚美也不想让这一切变得仿佛从没发生过。

就算被定罪，也要说出自己的真实想法。

黎明时分，吉尔德赶来接尚美。尚美一直昏昏沉沉的，直到看见吉尔德，才终于清醒过来。

"吉尔德！那个孩子呢？她没事吧？没有被关起来吧？"

尚美一连串的问题让吉尔德怔了怔，然后才回答说，"应该没有。据说哭得很厉害，后来哭累了，就睡着了。我也和儿童之家的老师说了，不要责罚她。"

"吉尔德，对不起。我不是故意瞒着你的。只是没时间争取你的理解。我打算等自己和她的生活安顿下来再联系你……"

"尚美，冷静点。"

"因为我们三个是一家人呀。那孩子是你和我的女儿。我们三个人幸福地……"

"尚美！"

吉尔德的怒喝让尚美住了口。吉尔德看起来无比憔悴，神色悲伤。

泪水沿着尚美的脸颊滑落。

"吉尔德，为什么？我只是想和女儿在一起。我只想看她在我身边长大。只想和她一起吃饭，一起读绘本，一起睡觉。为什么不行呢？为什么一定要把父母和孩子分开来呢？太奇怪了，太奇怪了呀。"

尚美抽泣着，用颤抖的声音诉说。吉尔德也流下泪来。

"尚美，你的想法没错，但你的做法是不对的。"

尚美呆呆地看着垂下头的吉尔德，不知道该说什么。没错，但又错了。这也太奇怪了。不过既然从一开始就觉得自己所处的世界非常奇怪的话，那或许也没办法吧。

泪水滴落下来，把尚美裙子的膝盖部位染出一圈水渍。

"天气真好啊。"

吉尔德望着电车窗外说。坐在对面的尚美看了一眼窗户，点点头。她面朝行驶方向，外面的景色不断向后飞驰。树木在暮夏的阳光映照下泛着白光。电车在森林的缝隙间穿行。

"听说东部十区的绿化很好。"

吉尔德的话让尚美再度点头。

今天，两个人从熟悉的中央一区搬去东方区最北的十区。行李已经送走了。两个人各自只带一个随身的小包，乘坐电车前往新天地。

"据说是有机牛奶的牧场，真让人期待啊。可以在那里放牛，还有羊和猪。尚美喜欢动物，肯定很快就会习惯的。"

牧场是两个人的新单位。夫妻双方在同一家单位上班的情况很少见。恐怕也有让吉尔德监控尚美的目的。

试图从儿童之家拐走幼儿的尚美，最终被判了轻罪。行政府拥有案件的搜查和裁决权，但不会把案件细节向一般民众公开。表面上，尚美的罪名是非法接触儿童之家走失的孩子。不知道是不是不想把事情闹大，或者不想暴露儿童之家的设备问题，总之没有追究她诱拐儿童的罪名。治安维持部队遵照行政府的决定，迅速释放了尚美，让她回到吉尔德身边。

但就在释放当天，两个人收到了搬家和换工作的通知，要求夫妻两人搬去东方区，避免尚美再有机会接近拉拉。

在公营咖啡馆上班的尚美当然必须服从要求，就连民营企业皮克斯公司也不得不遵照行政府的指令，工厂负责人吉尔德被迫辞职。吉尔德自己表现出满不在乎的样子，只说"少点压力也不错"，但尚美还是感觉非常抱歉。

拉拉后来怎么样，尚美一无所知。被释放后，她一再恳求吉尔德联系儿童之家，但接到这份事实上的禁止接触令后，尚美再也无能为力了。她意识到，自己再也没什么能为拉拉做的了。

"尚美，"

吉尔德盯着窗外,突然开口说:

"你被关在里面的时候,我把那孩子的资料全部看了一遍。"

那孩子。这是在那之后吉尔德第一次提到拉拉。尚美没有说话。吉尔德自言自语般地继续说道:

"那孩子的父母是南方区的夫妻。头发遗传了母亲……而且那孩子手腕上没有痣。"

尚美紧闭双唇,也望着车窗外。绿树反射的光芒令人目眩。

"我们的拉拉,右手手腕上有颗痣。很显眼。她不是拉拉。你不可能没发现。你养育了她半年……那孩子不是拉拉。我们的孩子正在北方区长大。不是她。"

"……是吗。"

咽喉里面像被堵住了似的。尚美挤出一个词。

一行泪水从她右眼滚落下来。

"我知道呀。"

伴随汽笛的轰鸣,电车驶进隧道。

很快就到东方区的终点站了。

从那里去十区,还要坐两个小时的公交。

新娘与新娘

行政府大楼附近的大厅通常用于演讲和戏剧表演。玛奇亚在小学和中学时代都来过很多次，那时候她就听说了，这里也会用于中央区的结婚仪式。

　　天窗的彩绘玻璃很漂亮，洒落下来的阳光令人感觉这是个梦幻般美妙的婚礼大厅。玛奇亚希望自己有朝一日能在这里做一个幸福的新娘。婚礼总是在结婚对象的居住地举行，所以玛奇亚不知道自己会不会使用这个大厅，不过应该可以成为新娘。

　　身穿纯白的婚纱，披着薄纱，面对即将成为自己丈夫的人。交换戒指、接吻、说出爱的誓言。就像所有人一样，年少的玛奇亚心中也在描绘那令人憧憬的景象。

　　几年后，玛奇亚以新娘的身份步入这座大厅。她与丈夫确定定居在中央区。今天的大厅成为婚礼的盛大舞台。

　　一排休息室里都是新娘，弄得像是战场一样。自己领取预先租借的婚纱和饰品，一个人做好婚礼的准备。穿婚纱、梳头发、戴首饰。在女生的准备工作中总是会发生各种问题。借的婚鞋尺码不对啦、发夹固定不住啦，到处都能听到刺耳的喊叫声。

玛奇亚梳好自己的波波头，用可以随意使用的发蜡和定型喷雾固定，然后在左鬓插了一朵鲜花。那是与捧花搭配的粉色玫瑰。她没有申请多余的小饰品，只有简单的A字裙、婚鞋、短袖手套和面纱，还有一束捧花。

玛奇亚很快完成了准备工作，开始帮旁边的琳恩做头发。琳恩的金发很浓密，而且很有韧性。玛奇亚仔细帮她梳理整齐，卷成盘状，用大头针密密扣住，最后再点缀上一朵大大的百合花。

"果然还是要拜托玛奇亚才行呀。"

琳恩对着镜子开心地笑了。琳恩是玛奇亚的挚友，也是多年的室友。早上帮她把柔韧的头发编起来，差不多是玛奇亚每天的功课。

"我笨手笨脚的，编不了这么漂亮。玛奇亚好厉害。"

"你的头发很密，我编习惯了而已。"

嘴上这么说，玛奇亚心里还是对自己的成果很满意。她梳的发型把琳恩可爱的脸庞衬得更加醒目。对于非专业人士而言，这是相当不错的手艺。

她们一起在目录中挑选了婚纱和饰品。琳恩手中捧着白色的百合花束，玛奇亚站在好友身边，两个人的身影映在镜子里。

"玛奇亚好漂亮,真是大美女。"

琳恩欢呼起来。被她抢先说了,玛奇亚不知说什么才好。琳恩才是很可爱的美女,而且婚纱和花束都妆点好了。两个人是同款婚纱,但琳恩显得更合适,不过玛奇亚并没有不满,反而既高兴又自豪。

"琳恩,我买了口红,要不要一起涂?"

玛奇亚从化妆包里取出一根圆柱形的物体。她在宿舍里帮忙,攒了一点儿零花钱,用那钱买了淡红色的口红。婚礼并没有禁止化妆,但不像婚纱,没有出租的化妆品,所以必须自己准备。玛奇亚的钱只够买一只口红。

"要涂,要涂!"

琳恩天真烂漫地喊起来,于是玛奇亚让她坐到面前的椅子上,仔细端详她的脸庞。琳恩的睫毛很长,眼睛很大,鼻子和嘴小小的,在同龄的新娘中显得格外稚嫩。

"嘴唇,说唔——"

玛奇亚噘起嘴唇示范。琳恩照着模仿,怎么看都像只鸭子。

"不行不行,这样涂不好。"

"哎,怎么了?"

"像这样,唔——"

玛奇亚又噘起嘴给她看,但琳恩还是做得怪模怪样。

玛奇亚忍俊不禁。

"行了,别再逗我笑啦。"

"我没逗你笑啊。"

琳恩认真地反驳,反而显得更好玩。

结婚仪式实际上也是成人仪式。与确定好的对象见面,当天成为夫妻,第二天开始同居,并且一起成为打工人。十四岁中学毕业后,经过这激动人心的几天时光,就会成为成年人。伴随着淡淡的期待和空前的困惑,玛奇亚她们成为待嫁的新娘。

"哎,时间到了。"

一切准备就绪,两个人夹杂在其他新娘中,按顺序走出休息室,沿走廊走向新郎们等待的大厅。

玛奇亚和新郎保津在更衣前互相问候过一次。三个月前看过对方的照片,今天是第一次实际见面。琳恩好像也预先见过了她的新郎。

"我好紧张呀,玛奇亚。"

"琳恩。"

玛奇亚伸出手。琳恩很自然地握住她的手。琳恩的体温透过白色的薄手套传过来。

"别摔倒,也别打瞌睡。在会场上我可没办法陪你。"

"嗯,我知道座位不在一起。要和老公坐在一起听祝词……没有你在身边,我很害怕。"

"别这么说。"

从小时候起,记不清有多少次这样牵着琳恩的手了。再过一会儿,就必须放开这温暖的手掌了。

玛奇亚和琳恩将会去到各自的丈夫身边。作为新娘,许下爱的誓言。

"对了对了,听说祝词结束以后,会一组一组前往单间,宣誓、签名、拍摄纪念照。"

"对,然后解散。琳恩,你和你老公还要商量搬家的事吧。我们可以分头回宿舍。"

"哎哎哎?玛奇亚,我可以等你吗?我忘记带房间钥匙了。你看,我们出来的时候不是一起走的吗?"

"哈?怎么会这样啊,那你找宿管开门。"

玛奇亚无奈地看着琳恩。琳恩一直都是这种无忧无虑的性子。

"对不起啦——你先结束的话,可以不用等我哟。"

"……我等你。"

玛奇亚紧紧握住琳恩的手,牵着她,防止她在人群中摔倒。

琳恩也没有放手,用力回握过来。真希望这一刻永不结束。玛奇亚心中闪过这个念头,随即又慌忙把它赶走。不能有那种孩子气的想法。今天是长大成人的重要日子。

从走廊来到中庭入口。这里已经聚集了许多新郎新娘。今天，中央区的结婚仪式都在这里一齐举办。可能有上千人聚集在大厅里。有些情侣会在入口处会合，但大部分都会坐到大厅内的指定坐席上。因为要在这么多人中找到只看过照片的对象，委实有些难度。

不过，玛奇亚在靠近大门的铜像前找到了丈夫保津。他长着乌黑的头发、琥珀色的眼眸。表情虽然不够亲切，但长相还挺帅气。他也看到了玛奇亚。

"玛奇亚，他在等你。"

也许是一起看过照片的缘故，或者可能是顺着玛奇亚的视线看到了，琳恩也发现了保津。

"我怕你找不到座位，先送你过去。让他在那边等会儿。"

玛奇亚举起抓着花束的手，朝保津示意，然后牵着琳恩的手，走进大厅。

大厅很大，里面和入口处一样，同样挤满了新郎新娘。在上演戏剧的时候，天窗的彩绘玻璃会用窗帘挡住，不过今天没有遮挡。阳光透过玻璃照进来，非常美丽。

从小就憧憬的新娘，今天终于美梦成真了。

可是那时候玛奇亚完全没有想到自己会是带着这样的心情成为新娘。长大成人应当是明快而骄傲的心绪，占据内心的却是无法抑制的痛苦。

"回头见，琳恩。"

玛奇亚把琳恩送到指定的座位上。旁边还没有她丈夫的身影。不必和真人碰面，让玛奇亚松了一口气。如果直接看到琳恩的伴侣，她肯定会露出厌恶的表情。

"玛奇亚，一会儿见。"

仪式结束后，自己应该和琳恩一起回去吧。就像放学后一起回宿舍一样。然而今天晚上是玛奇亚和琳恩在同一个房间里度过的最后一夜。从明天开始，两个人就要和各自的丈夫开始新的生活。

孩提时代结束了。自己和琳恩都有了需要珍重的对象。未来的道路将会渐行渐远。

结婚仪式的第二天，玛奇亚搬去了中央四区的家庭住宅。丈夫保津来自东区。

"从今天开始，就要拜托您的关照了。"

"请多关照。"

对于玛奇亚的问候，保津微微低头致意。从昨天第一次见面的时候开始，玛奇亚就觉得他的表情不太丰富。

和结婚对象的第一次见面，是在婚礼即将开始的时候。每一对情侣都会带着羞涩和不安交谈。然而即使在那样的情况下，保津的表情依旧毫无变化，只是说了一声"你好"。

今天和昨天几乎没什么变化。唯一不同的,只有左手无名指戴上了配发的结婚戒指。

"我的单位是在这附近的缝纫工厂。保津是在车站前的咖啡馆工作吧?"

"嗯,是的。"

回应依然很冷淡。他是不是有心仪的女生,因而对结婚毫无兴趣呢?有些人确实对结婚这一制度本身不感兴趣。然而就算如此,但既然被指定为夫妻,那就不可违抗。除非有极其特殊的情况,否则不可以离婚。这是学校教过的,玛奇亚也是这样想的。

她把市场上买来的面包和沙拉摆到桌上,又看了看保津。

"我这个人大大咧咧的,说话也不注意,有什么不喜欢的地方,你直接说哦。"

玛奇亚的说法方式比较强硬。琳恩也经常这么说。她虽然手很巧,但并不是那种神经质的、特别顾忌周围的人。玛奇亚自己也这么觉得。

保津回望玛奇亚,点了点头。

"我也不是很会说话,有什么事你也直接说。"

看来不是不高兴。或许只是单纯的内向而已。他可能还是愿意共同组建家庭的。

既然如此,那么稍微深入谈一谈,应该也没有问题吧？玛奇亚犹豫了片刻，开口道："关于孩子……"

"玛奇亚，看你的意愿。你喜欢的话，什么时间都可以。"

玛奇亚意识到这是他第一次喊自己的名字。有人用低沉的声音轻轻呼唤自己的名字，这种感觉真是不可思议。虽然两个人应该是同龄，但保津身材魁梧，脸上又没什么表情，看起来比自己成熟许多。

"那，我今晚就可以。"

玛奇亚坚定地说。她希望在自己尚有决心的时候完成这件事。

"我们是夫妻，还是早点生孩子为好。"

"知道了。"

保津点点头，不知道他在想什么。

吃过晚饭，洗过澡，走进卧室。玛奇亚刚躺在靠门边的床上，洗过澡的保津便进来了。床板嘎吱作响。玛奇亚知道保津坐了下来。

对于夫妻来说，这是很正常的事。为了生孩子而结合，是建立在共同生活基础上的重要行为，不可回避。既然如此，那就早点完成。夫妻应该发生关系。

"玛奇亚。"

玛奇亚绝不反感呼唤自己的低沉声音。所以没事的。不用怕。睡在一起也不会改变任何东西。

玛奇亚这样告诉自己。与此同时,琳恩的脸庞在脑海中闪过。

琳恩现在怎么样了?她现在是否也一样绝望而无助?

玛奇亚下定决心,坐起身子,主动伸手搂住保津的脖子。

第二天是去缝纫工厂报到的日子。

玛奇亚比预定的时间早到了一会儿,发现琳恩已经等在门口了。

"玛奇亚!"

琳恩抬起头,温柔地笑了起来。玛奇亚也报以微笑。紧张感慢慢消退。

虽然只是昨天才在宿舍道别,却像是很久没有见面了。

"琳恩,早上好。"

"啊,看到玛奇亚,我就安心了。果然申请同一个单位太明智了。"

琳恩长出了一口气。她的神色有些疲惫。

"琳恩,你没事吧?"

"嗯。"

两个人沉默着走到工厂入口处。什么时候说才好?现在问最合适。玛奇亚犹豫了片刻,终于下定决心问。

"那个……你和他睡了吗?"

她们之前已经互相看过了对方丈夫的照片,也曾经纵情想象过。对于夫妻来说,生育是非常重要的行为,直接问问也没关系吧。

琳恩怯生生地点点头。虽然心中早有预料,但玛奇亚还是刹那间生起了鸡皮疙瘩。

"我,我也是。没想到也没什么大不了的。"

说到底只是女生之间的闲聊。玛奇亚用轻松的语气说起自己的感受,琳恩马上垂下了头。

"是吗,玛奇亚好厉害。我……我有点怕。"

"他做了什么让你讨厌的事吗?"

"不是这个意思。但是,你知道,我不习惯男人……"

玛奇亚一边走,一边安慰似的搂住琳恩的肩膀。也许她体会到的感觉要比自己更加无助许多倍。琳恩一贯很内向。不管是疼痛还是恐惧,肯定都只会自己忍耐,不会说出口。想到这里,玛奇亚不禁感到了无可奈何的悲伤与沮丧。

仅仅一个晚上,自己和琳恩都改变了。

自己也就罢了,但总觉得琳恩受到了不正当的伤害。她被玷污了。

但玛奇亚还是打消了自己的想法。自己也好,琳恩也好,只是在履行夫妻的既定程序而已。

琳恩朝玛奇亚露出柔和的微笑。

"嘿嘿,但是接下来每天都能见到玛奇亚了。"

"和琳恩分在同一个单位,我也很高兴。"

是的,今后自己和琳恩依然是最要好的朋友。从今天开始直到退休,几乎每天都会见面。我们没有分开。

两个人选择工作单位的标准,就是看能不能在同一个单位。

这家缝纫工厂主要生产衬衫和长裤,通常用作学校和所有职业的制服。这里不是生产时尚服饰的工厂,也算不上受欢迎的单位。不过正因为是朴素的工作单位,所以两个人的申请才会这么容易批准吧。

当然,因为分配工作的时候还要考虑到分配对象的单位,所以如愿以偿的情况其实颇为少见,不过两个人还是实现了梦寐以求的愿望,被分配到了同一家单位。

"玛奇亚很能干,又有品位,说真的应该去做美容师才对。连累你陪我,实在很抱歉。"

"我只是比你能干一点点罢了。而且缝纫工厂的工作肯定也很有趣。"

"嗯,但愿能早点适应。"

两个人一起走进工厂。刚才感觉到的不快消失在内心深处。即将首次投入工作的紧张感裹住玛奇亚。

玛奇亚和琳恩被分配到检验部门。目视检查完成的衬衫等商品，然后装入塑料袋。老员工说，这里的工作难度不高，新人很容易上手。据说还有轮岗制度，三年下来就能体验绝大部分的岗位。

从第一天开始，两个人就早早投入了工作。一天时间转眼就过去了。玛奇亚在工厂门前和琳恩道别。工厂位于中央四区，两个人的家却分处在工厂两边。

玛奇亚一个人朝家里走去。昨天的晚餐靠面包和沙拉应付掉了，今天该怎么办？她没和保津讨论过。回去再商量也不迟吧，玛奇亚把掏出的手机又放了回去。

（琳恩的老公好像是银行职员。）

银行职员不是谁都能做的，所以想来他一定很优秀吧。收入似乎也很不错。

在咖啡馆工作的保津，收入应该和自己差不多。那么按照家庭收入算，琳恩夫妻应该更多。如果再生几个孩子，一辈子的收入就更不一样了。玛奇亚一路走，一路漫无边际地想着。

昨天晚上和保津发生了关系。虽然在琳恩面前没有表现出来，但说实话，玛奇亚也很讨厌被刚刚认识的男生碰。但尽管如此，她还是鼓励自己，和对方发生了关系，这是为了长大成人，为了成为普普通通的、结婚生子的成年人。

必须普通。

这种情绪不知何时在内心萌发,并且深深地扎下根须,束缚住玛奇亚。

必须成为一个普普通通的、理所当然的成年人。中等偏上的成绩,擅长运动,朋友也很多。以前玛奇亚是个普通的学生,今后也应该能成为普通的成年人。

"琳恩……"

此时此刻,琳恩在做什么呢?明明刚刚道别,但已经又开始想念了。玛奇亚希望早晨快些到来,快些到上班的时间。

回到家没过多久,保津也回来了。

"欢迎回来,保津。晚饭怎么办?"

"嗯。"

看到保津的脸,玛奇亚的心猛地一揪。太尴尬了。她尽量不去想昨天晚上的事。所以,玛奇亚努力装出开朗的语气。

"一起去市场买?我通常都是这个点回家,不如回来的时候顺路去一趟市场吧。"

"今天吃这个吧。"

保津把手里的小包放到餐桌上。打开包装,里面是满满一排三明治。

"这么多?哪里来的?"

"说是欢迎新人,厨房的老员工做的。中午吃了很多,但还剩了不少。"

看起来是个容易长胖的单位。既然很照顾新人,保津也肯定很容易上手。奇妙的是,这也让玛奇亚有种松了一口气的感觉。

"但这样的话,你白天晚上都在吃三明治,不太好吧?"

"没事。而且我们店里的三明治很好吃,想给你也尝尝。"

玛奇亚抬起头。她第一次直视保津的脸。

保津依然面无表情,但他一直在看着玛奇亚。也许他更愿意用眼神表达心意,而不是靠话语。盯着玛奇亚的琥珀色眼睛里满是真诚。

"谢谢你,保津。"

"我还买了这个。今天刚学过,我来泡。"

说着,保津又拿出咖啡豆和滤纸给玛奇亚看。

他希望两个人成为亲密的夫妻。玛奇亚对此感觉到混合着喜悦与抱歉的情绪。

玛奇亚在中央一区的儿童之家长大。她出生在南方区,虽然有姐姐和弟弟,但都在别的地区,从来没见过。

最早的记忆,是在儿童之家的院子里跑来跑去。那大概是两岁时候的事。蓝蓝的天空,没有修剪的草坪。回头去看,金发少女正在拼命追自己。

从最早的记忆开始,玛奇亚就和琳恩在一起。

琳恩说话、行动都比别的孩子慢。玛奇亚脾气很倔,和男生一样淘气。

另外,琳恩有金色的头发、白皙的肌肤和深蓝的眼眸,像个洋娃娃似的,而玛奇亚的头发是深棕色,有一双淡褐色的眼睛,皮肤微黑,和她形成鲜明对比。

谁也不知道两个人为什么这么合得来,总之从小时候开始,玛奇亚和琳恩就像姐妹一样相伴成长。对玛奇亚而言,没有谁比琳恩更重要。只要和琳恩在一起,就不会感到悲伤和不安。

学校里是同班,宿舍也是同一个房间。上学以后,两个人的关系也没有丝毫变化。

"玛奇亚,等等我。"

琳恩总是天真无邪地追随玛奇亚。遇到困难会和她商量、寻求她的帮助。玛奇亚本来也不是喜欢依赖他人的性格,她很有自尊心,什么事情都想自己一个人完成。

不过,如此独立的玛奇亚,也会毫无顾忌地依赖琳恩。让她帮自己补习不擅长的学科,吃自己不喜欢吃的东西。有一次,有个坏心眼的同学往玛奇亚的鞋子里塞泥巴,玛奇亚就拜托琳恩往那同学的桌子抽屉里塞毛毛虫。

琳恩有多依赖她，她就有多依赖琳恩。这也是她对琳恩的信任。

她们有着特殊的关系。彼此之间都是对方最好的朋友。这是无须确认的事实。

玛奇亚一直都是这么想的。

"玛奇亚，为什么一定要结婚呢？"

那是中学一年级的事。有一天，琳恩突然问。

两个人坐在中庭的凉亭里。那是蔷薇盛开的季节，花丛中的凉亭笼罩着浓郁的香气。她们从图书馆回来，玛奇亚在读一本厚厚的小说，琳恩捧着一本画册。

"结婚？因为那是义务啊。"

玛奇亚理所当然地回答。从小就被反复灌输结婚和生育的意义。人类的平均寿命只有二十五年，和其他物种相比，性成熟的时间很长，可生育期间很短。所以，如果不能高效地怀孕生育，人口就会不断减少，文明社会也将无法维持。

"生孩子防止人口减少。这不都是在学校学过的嘛。就像是我们的使命，只有这样，我们才能过上安宁的生活。"

"嗯，可是呀，突然要和一个完全陌生的男孩子结成夫妻，还要生孩子，总觉得这个有点……不喜欢。"

琳恩摆弄着蔷薇的蔓藤，脸色有些阴郁。

"听说，隔壁班的丽香，有喜欢的男生。"

"喜欢……？平时都没什么机会和男生在一起，怎么喜欢的？"

"说是因为班级委员的工作……可是，不管丽香有多喜欢那个男生……也不管那个男生有多喜欢丽香，两个人都必须和别的对象结婚吧？我觉得那样太可怜了，也太不自然了。"

玛奇亚叹了一口气，无奈地看着琳恩。

"如果考虑恋爱的话，统一政府的结婚系统就要崩溃了。"

不过与此同时，琳恩的话也让玛奇亚的心中涌起一阵骚动。好想和喜欢的人在一起呀。那是一种很自然的冲动。就连动物，也可以自己选择与之生育的对象。然而人类成年之后，却不能自己选择一同生活到死的对象，这确实如同琳恩所说，太不自然了。一旦成年就要和分配好的对象结婚。历来的教育都是如此，所以平时并没有怎么考虑过这个问题。但如果能和喜欢的人结为伴侣，精神上的幸福度是不是会更高呢？当然，这里不谈效率。

"玛奇亚爱过谁吗？"

琳恩的蓝色眼睛盯着玛奇亚，手指上绕着蔷薇藤，花蕊凑在鼻尖。

"怎么可能。老师们不是一直在说，那样的感情一定要留给将会在日后遇到的结婚伴侣吗?"

"感情能那么听话吗?我偏偏想和他在一起,想珍爱他,想亲吻他。如果遇到有人给我这种感觉,我想我也没办法控制这种感情。"

琳恩静静地垂下眼睛。金色的睫毛在白皙的脸颊上投下阴影。

"如果不能实现,一定会悲伤得要死吧。"

"琳恩……你有那样的人吗?"

玛奇亚脱口而出。琳恩抬起头,嫣然一笑。

"没有哦。只是听说了丽香的事情,觉得和分配的对象生孩子,度过下半生,是一件很奇怪、也很可怕的事。"

"这种话最好不要在其他人面前说。"

成年人不喜欢孩子对国家制度和体制指手画脚,批评就更不行了。如果有人报告说琳恩讲过这样的话,可能会影响到她的成绩和申请工作单位。

琳恩苦笑着说:"除了玛奇亚,我不会和别人说的。"她抬头望向凉亭的天花板。

"想要永远在一起,喜欢得心头苦闷。如果能有那样的恋爱,该有多美好啊。"

玛奇亚凝视着琳恩的脸庞。

周围弥漫着令人眩晕的蔷薇香气。微风吹拂,搅动着甜美的气息。琳恩的金发微微扬起,又落回到脸颊上。

当然是琳恩呀。

玛奇亚很自然地想。

如果真有一个人,像琳恩说的那样,希望永远在一起的话,那就是琳恩。她是玛奇亚的唯一,也是玛奇亚的全部。之前的人生,两个人是在一起度过的。如果今后的人生可以许愿的话,也希望能和琳恩在一起。

但是,这样的愿望,只会和隔壁班的丽香之恋一样,不会有结果的吧。

中学毕业后,我们都会有自己的丈夫。

"如果能爱上匹配的男生,那就太好了。"

玛奇亚低声说。作为朋友,应该这样说吧。

"是啊。"

琳恩笑了笑,站起身来,放在膝头的画册滑落在凉亭的石板上。

画册上画着少女和白马。少女神情恍惚地站着,望向远方,盘卧在她脚边的白马生着奇妙的角。画册中经常会有不明所以的图案,因为画家们常常会用遗迹中的壁画做主题。这匹马和少女也是一样的吧。白马依偎在少女身边,仿佛在宣誓自己的忠诚。

一年后的初夏,两个人都收到了通知。

确定了她们的工作单位和丈夫。

分在同一家单位,两个人都很高兴。她们还互相展示未来丈夫的照片，纵情想象未来的生活。

"我会喜欢他吗？"

一年前琳恩说没有爱的婚姻是不自然的，现在则是在担心自己能不能爱上匹配的伴侣。这是因为玛奇亚说过，最好能爱上匹配的男生吗……

"一开始也不必那么喜欢。"

玛奇亚虽然笑着回答，但心里还是像添了几道小小的伤口。很快琳恩就要和照片上的男生结婚了。

最想和琳恩在一起的，是自己呀。

而且，如果和自己在一起，琳恩应该也会是最幸福的。至少到今天为止，两个人都是这样生活的。

这个男人能让琳恩幸福吗？琳恩真的会爱上这个男人吗？

越想越难受。玛奇亚的心中越发痛苦，恨不得把心掏出来狠狠挠一挠。

就在这时，琳恩的话又在玛奇亚心中回荡。"为什么一定要结婚呢？"

确实。为了义务抛弃感情。和分配的对象生孩子。简直和机器一样。实际上如果真是机器的话，反而不会有这种莫名的情绪了。

"琳恩，一起喝杯茶再回去吧？"

在缝纫工厂工作了一个多星期，玛奇亚下班的时候问琳恩。今天保津上晚班,说好各自吃晚饭。

"呃,约翰让我不要太晚回去。"

约翰是琳恩的丈夫。玛奇亚站在门口,耸了耸肩。

"他是银行员工吧?这个时间点,买点东西、喝杯茶,回去也比他早吧?"

"他上下班需要不少时间,早晚的饭菜都要我准备。他也不太喜欢吃盒饭,想让我准备一些热菜,就像在宿舍里那样。"

"这有点过分了吧?琳恩又不是不上班,还对你这么多要求。"

"哎,我也理解他的心情。而且我也做不出那么精致的饭菜,费不了什么事。但是,考虑到做菜的时间,就有点那个了。"

"是哦。"

玛奇亚点点头,心里有点不满。虽然琳恩好像并不在意,但在玛奇亚看来,这是她丈夫把负担都压在她身上。

"那,我去琳恩家旁边的市场吧,怎么样?"

"那你要绕远了呀,方向都是反的。"

"没关系。我有时间,而且这样还能和琳恩多说说话。"

琳恩脸红了,微笑起来,显得很高兴。

"那就这么办吧。"

每天都有说不完的话,一说起来连时间都忘了。工作期间只能说工作的话题，午休时间也没那么长。琳恩应该也想多聊聊吧，想到这个，玛奇亚就很开心。

"对了，周末我们去大买特买吧。"

玛奇亚偷看了琳恩一眼。

"难得有些自由支配的钱，去买点衣服和零食吧。"

"玛奇亚，下个月才能领工资。"

"但还是有点钱吧。"

手头只有新生活预支费用剩下的钱，但也是够用的。

"那我问问约翰。"

对于琳恩的回答，玛奇亚强压着不满点了点头。

什么事情都要先问丈夫吗？结婚就是这样的吗？

但是保津肯定不会发难。玛奇亚如果说自己要和朋友出去买衣服，他肯定会爽快地送她出门。

这样说来，琳恩的丈夫果然是个心胸狭窄的男人吧。

周末，玛奇亚和琳恩来到四区的购物中心。这里有车站，也有很多人。

琳恩的丈夫同意她们两个人出去。琳恩笑着说，丈夫叮嘱她不要乱花钱。玛奇亚很想说，听他个鬼。

"我没什么日常穿的衣服，很想买几件。"

"是啊。学生时代都穿校服。现在穿的也是配发的衣服。"

琳恩确认似的摸了摸衬衫和长裙。玛奇亚的内裤和衬衫也是配发的。

"听说女生成年后首先会去买衣服。"

"然后是首饰吧?结婚戒指都是配发的。"

两个人都举起自己的左手,端详朴素的银色戒指。

"我们的行动真的和理论一样呢。"

"那接下来就要买首饰了。琳恩,继续一起逛吗?"

"当然。"

步行街上有好几家经营女装的店铺。两个人仔细逛了一圈。这里有不少同样来买东西的夫妻,女性顾客也很多,每家店都很热闹。然后她们又在点心店买了不少预先分装好的小零食、饼干等。玛奇亚想起学生时代两个人把很少的零花钱凑在一起,去小卖部买零食的情景。现在自由了,想买什么都行。

"玛奇亚,中午去你老公的咖啡馆吃饭吧?"

保津上班的咖啡馆就在四区的车站旁边。近在咫尺。

"不想看看他工作时的样子吗?"

"倒也没有……"

说到这里,玛奇亚很想把琳恩介绍给保津认识。虽然经常说起琳恩,但他们还没见过。

"那就去看看吧。"

中午的咖啡馆很拥挤。保津说过,这家位于四区站前的咖啡馆很大,别致的装修给人一种旧世界的外国城堡的感觉。实际看来,确实在周围的单调建筑群中营造出华丽的氛围。

天气很好,于是两个人选了开放式的露天座位。服务生领她们过去的时候,玛奇亚看到了正在送餐的保津。四目相对,保津一脸惊讶。玛奇亚说过要出门,但没说会来这里。他当然很吃惊。

保津穿着黑色小礼服,打着领结,裤子很紧身,看起来相当帅气。玛奇亚本来还担心他的身材太魁梧,穿不下服务生的制服,现在看来是多虑了。

"没想到你会来。"

保津过来给她们点餐。可能是因为害羞的缘故,表情比平时更加僵硬。玛奇亚把琳恩介绍给他。

"对不起,搞了个突然袭击。这位就是我的好朋友琳恩。"

"初次见面,我叫保津。经常听她说起你。"

保津转过身,朝琳恩打了个招呼。琳恩开朗地笑了。

"初次见面,我是琳恩。这么多年,玛奇亚一直都很照顾我。"

气氛不错。不够和蔼的保津在尽力展现亲切的笑容,琳恩也落落大方地对待好友的丈夫。丈夫和好友一定可以相处融洽。

但在另一方面,玛奇亚也感觉很不自在。为什么在这个平静的空间里,自己会有这样的感觉?为什么心里总有种刺痛感?

点了午餐,玛奇亚又向保津补充了一句。

"保津上班第一天带回来的三明治很好吃,要不要也来一份?"

"那样的话,我请客再加一份,两个人都尝尝吧。"

"谢谢你,保津。"

保津走后,琳恩感慨地长舒了一口气。她满脸带笑地看着玛奇亚。

"你们关系真好。"

"……一般啦。"

"嘿嘿,气氛非常好。保津先生好棒。玛奇亚遇到了好人。"

玛奇亚的心口一阵刺痛,她咬住下唇,在心里呻吟。

她知道自己的不自在从何而来了。

尽管确实想介绍两个人认识,但实际上让他们互相认识之后,玛奇亚又有种近乎后悔的情绪。还是不让琳恩和保津认识才好。如果两个人相处融洽的话,玛奇亚和琳恩之间就多了一个异类。玛奇亚意识到自己在担心。这是多么丑陋的想法。玛奇亚感到无地自容。

吃过饭,在保津的目送下离开咖啡馆,两个人走向四区外围的公园。

工作的地方可以看到树林,但实际过来还是第一次。公园很大,树木环绕。公园里还铺设了散步道,许多人趁休息天来这里散步。草坪上还有好几组家庭,铺着野餐垫,享受午餐。

公园一角种了红杉。也许是因为遮住了阳光的缘故,这里的游人很少。玛奇亚在那附近铺上野餐垫。阳光透过枝叶的缝隙照下来,湿气和寒冷都可以忍受。

琳恩像个孩子似的躺到野餐垫上,把鞋子也脱掉了。

"玛奇亚,吃点心,吃点心啦。"

"刚刚吃过午饭。谁说撑死了的?"

"嘿嘿嘿,点心不占肚子的啦。这个小甜甜圈拼盘,玛奇亚喜欢吧?给你给你。"

琳恩从自己的包里掏出点心,撕开包装。玛奇亚叹了一口气,坐到琳恩旁边。

她把琳恩递过来的甜甜圈放进嘴里。浓郁的脂肪味道,还有涂在外面的满满砂糖。既便宜又安心,令人怀念的味道。在儿童之家会用这样的甜甜圈做零食,玛奇亚很喜欢,偶尔也会在学校的小卖部里买。

玛奇亚向琳恩望去。琳恩深蓝色的眼眸明亮清澈,映出天空的颜色。虽然没有亲眼见过,但在阳光灿烂的日子里，大海可能也是这种颜色吧。金色的发丝散在野餐垫上，长而浓密，粘上草根会很难处理，不过琳恩似乎并不介意。

"琳恩。"

"玛奇亚，好开心呀。"

"嗯。"

玛奇亚点点头。现在这样，就像是普普通通的日常似的。

自己和琳恩从小就生活在一起，分开生活才是不正常的吧。或许，自己不该有这种想法？

"玛奇亚和保津先生的氛围很好。是不是每对夫妻都会这样呢？"

琳恩仰望着天空，喃喃自语。

"不是每对夫妻都会这样吧。就连我和保津，也只是因为相互还没熟悉而谦让罢了。"

"结婚这种事，果然很奇怪啊。把两个不认识的人强行组成一家。"

"琳恩……你和你丈夫相处得不好吗？"

"那也不是，我只是觉得，不用结婚会更好。"

玛奇亚沉默了。她也是同样的心情。

保津是个善良的人，也是很好的同居对象，但自己并不是非要和他结婚不可。现在依然这么认为。

"如果不用结婚的话,我就能和玛奇亚一起生活了。"

玛奇亚皱起眉头。两个人的愿望分毫不差。既开心又苦涩。

"是啊。我从小就和琳恩在一起,如果要找一个人共同生活,最好还是琳恩呀。"

"如果生过很多孩子以后,会允许我们一起生活吗?"

琳恩说的"允许"这个词,让玛奇亚垂下眼睛。

我们"必须获得允许"吗?获得社会的允许,获得制度的允许。

如果尽了国民的义务,生了孩子,会被"允许"吗?

"成年人真是不自由啊。"

琳恩低语。

还是孩子的时候,总觉得长大以后就能进入自由的世界了。然而并非如此。也许只是被困在了不同的地方而已。

"到死还有十年,想做的事情太多了。我们人类呀。"

玛奇亚挤出一丝苦笑。为了掩饰自己的不安与虚脱,她开口说:

"结婚、生子、工作……一旦长大成人,就会被要求生产,到死为止。所以难免会感觉到个人情绪和愿望遭到忽视。"

"这样啊,难怪感觉小时候更开心。"

琳恩点点头,闭上眼睛。

"我想和玛奇亚一起住进关怀房。"

"我们可以申请住进同一间房子。"

两个人都不想回家,就这样一直漫无边际地聊到太阳落山。

第二天来到缝纫工厂上班时,玛奇亚大吃一惊。

因为出现在工作间的琳恩额头上贴着创可贴。那时候马上就要开始工作了,所以玛奇亚没办法跑过去问情况。她站在稍远处凝望琳恩。

看起来没有渗血,但有点肿。发生了什么?

也许是感受到玛奇亚毫不掩饰的视线,琳恩一直垂着头,没有看她。

到了午休时间,玛奇亚拉起琳恩的手臂,费了半天力气才把她拉到外面。

"琳恩,那个伤是怎么回事?"

"摔倒了。"

琳恩尴尬地笑了笑。那副模样让玛奇亚再也抑制不住心中的厌恶。

"被你老公打的?"

"不是,不是的……只是推了两下,不小心摔倒了,撞到桌子角了。"

玛奇亚不知该说什么。推搡就已经是暴力了。

"没事的，玛奇亚。"

"哪里没事了？他竟敢这么对你。"

"我也不好。昨天我有点累……所以……没同意和他做，然后约翰就生气了。"

玛奇亚更加无语。拒绝做爱就生气？还有这样的事？

琳恩的脸上一直挂着无奈的笑容。

"约翰想要尽早生孩子。因为银行里全是优秀的人才，退休之前的高升竞争非常激烈。就算是私生活也不能输。所以约翰很想成为同一批入职的人当中第一个生孩子的。多生孩子，是优秀人才应尽的责任。"

"太变态了。这么说，琳恩一直都是受强迫的？"

"我们是夫妻，不算强迫。没事的，没事。"

玛奇亚感到自己紧握的拳头在颤抖。如果拒绝做爱就生气，那不就等于强奸吗？

"我之前就觉得他在限制你的行动。他还说了什么吗？"

玛奇亚贴近琳恩，琳恩的视线游移不定，犹犹豫豫地回答说：

"……他说我不用上班，应该不断给他生孩子。说我不用担心生活费，只要专心照顾他，还有怀孕生子就行了。"

"这是把你当成工具使唤！你的人生不是为了满足丈夫的虚荣心，更不是为了让他出人头地！"

"生的孩子越多，生活就会越富足，还会受到社会的赞许……约翰的观点是对的，对我也有好处。"

琳恩垂下金色的睫毛，低声回答。她的声音有气无力。

"他说那才是安逸的生活，我只能听他的。"

玛奇亚想起了昨天的琳恩。

她说，成年人不自由。对此玛奇亚也有同感，但琳恩感觉到的不自由，明显比自己更严重。

中学时代的琳恩憧憬过爱情，然而到了今天，她却为了生活忍气吞声，被迫做出不情愿的行为。

"你不要回去了。"

玛奇亚语气强硬地说，

"我不允许有人让你产生这样的想法。"

"玛奇亚，你改变不了什么的。约翰认为自己绝对正确，他不会听你的。我不想把你老公也卷进来。"

"实在不行还可以离婚。我可以陪你去行政府咨询。"

"约翰绝对不会答应的。他很在乎面子。如果他知道我去咨询，可能连班都不让我上了。"

琳恩用双手紧紧抱住玛奇亚的手，蓝色的眼睛死死地盯着玛奇亚。

"求求你，什么也别做。约翰肯定只是一时上火，我想他很快就会冷静下来的。"

"可是，琳恩——"

"有你这样关心我的好朋友，我很幸福。"

看到痛苦微笑的琳恩，玛奇亚忍不住紧紧抱住她。两个人的身高相差不大。玛奇亚把脸埋在琳恩美丽的金发里，然后吻了吻她肿胀的额头。她珍视琳恩，喜爱琳恩，非常想照顾琳恩。隔着创可贴的亲吻是一个越线的举动，嘴唇离开后，玛奇亚自己都为自己的行为吃惊。越线了。她不知怎么掩饰自己的狼狈，只能偷眼观察琳恩的反应。

琳恩蓝色的大眼睛瞪得滚圆，表达出她的震惊。尽管她们关系很亲密，但自从懂事以来，就从没有亲吻过额头。

玛奇亚努力寻找话语打破尴尬，而琳恩瞪大的眼睛忽然眯成了一条缝。可以看到她的嘴角露出笑意。

"好痒。"

说着，琳恩搂住玛奇亚的后背，把头靠在她的肩膀上。

"谢谢你，玛奇亚。"

玛奇亚不知道她怎么看待自己的行为。不过她这样的举动似乎是在为自己排解尴尬。

玛奇亚也轻轻搂住琳恩的后背。这是她第一次亲吻琳恩的额头，也是第一次面对面拥抱琳恩。

玛奇亚轻抚琳恩的后背，感受着琳恩轻柔的心跳。

只要琳恩在身边，就会有种无可比拟的安心感，但同时又感觉到寂寞和不安，忍不住想要落泪。

这么重要的女孩子，自己到底能陪她多久呢？不，实际情况还要更复杂。与琳恩的相遇，这本身就是一切寂寞的来源。玛奇亚心知肚明。

人往往意识不到自己的孤独。直到遇见了珍视的对象，才会明白自己原来一直都是孤独的。同时，也会因为害怕失去珍视对象的不安而忍不住落泪。

如果这种情感叫作爱，那么玛奇亚当然爱着琳恩。如果这是恋爱，那无可否认，玛奇亚恋爱了。

长久以来，玛奇亚都不明白自己对琳恩到底是什么感情。她想独占琳恩，但同时又盼望琳恩能在遥远的某处过上幸福生活。她一边希望有人能带给她完美的幸福，一边又厌恶除了自己之外的任何人接触她。

如果琳恩因为某人的影响发生了改变，玛奇亚无论如何也无法容忍。

玛奇亚的内心深处燃烧着怒火。那是对约翰，对琳恩丈夫的愤怒。

约翰强迫琳恩怀孕。

他在践踏玛奇亚唯一的、也是最心爱的花朵。绝对不可容忍。

婚礼过去了一个半月。

自从第一次受伤以来，琳恩身上再没有出现过类似的淤青或肿块。琳恩自己也说"约翰向我道歉了"。

但是，约翰似乎还在强迫琳恩和自己发生关系。琳恩虽然含糊其词，但还是能看出两人的夫妻生活近乎于从属关系。

玛奇亚很想拉上琳恩的手，赶去行政府的咨询窗口。

强迫发生关系，应该是一个合理的离婚理由。就算约翰发怒，不同意离婚，但只要有琳恩的证词以及受过伤的证据，应该总能有办法。为防万一，玛奇亚还拍了琳恩受伤的照片。

但在另一方面，如果琳恩离婚，自己到底能不能支持她的生活，玛奇亚也不敢保证。玛奇亚毕竟还有保津这个伴侣。今后也必须和他一同经营家庭。

玛奇亚有时也会和保津做爱，不过两个人的性格使然，日常生活总保持着淡薄的关系。硬要说的话，两个人更像是生活在一起的朋友。不过，玛奇亚可能总有一天也会怀孕。

在这样的情况下，她能给琳恩的生活提供多少支援呢？如果要动用家庭的储备金帮助琳恩，保津再怎么好心也肯定不会同意。因为保津和琳恩本来就没什么关系。

"玛奇亚,饭菜好了,能帮我搬过去吗?"

"哇,看起来很好吃。"

今天的晚饭是保津做的。他在咖啡馆做服务生,不过也会煮咖啡、做芭菲之类的甜点。最近这段时间好像还去厨房帮忙,今天特意给玛奇亚做了刚学会的意式浓汤。

"保津太厉害了,什么事情都能轻松学会。"

"没那么厉害。我只是表情单调,所以外表上看起来好像不怎么费力罢了。"

保津一边收拾水槽里的餐具,一边回答。

"其实我心里很着急。"

"哦?我可完全没看出来。"

玛奇亚露出灿烂的笑容,把饭菜搬到桌上。意式浓汤的香气溢满了房间。

"玛奇亚,你比我想得还要温柔。"

"什么意思?"

保津从厨房里出来,看着玛奇亚,微微一笑。

"在照片上看到你的时候,我觉得你是个很高冷的美女。但实际上你很善良,也很会照顾人。"

"那是因为我一直在照顾琳恩,她太马大哈了。"

"你对琳恩就不用说了,对我也很温柔。虽然你说自己大大咧咧,其实生活里处处体贴,关心我,理解我。我通常的样子看起来总像是在生气，但玛奇亚就不会那样对待我。我很高兴。"

保津难得的笑容和温柔的话语，让玛奇亚感到很不好意思。在玛奇亚看来，保津才是温柔的良人。

这样的感情，会有一天化作爱情吗？会有那么一天，自己对琳恩的痴迷依恋终于褪色，而对保津的爱意如同泉水一般喷涌出来吗？

现在的玛奇亚无法想象。

"好了，吃吧。"

在保津的催促下，玛奇亚拿起勺子。意式浓汤很美味，充分引出了番茄的酸与甜。晚餐吃到一半的时候，保津开口闲聊起来。

"今天遇到了一个常客，很有趣的家伙。"

"有趣的家伙？"

保津点点头。

"长寿种的行商。据说他的妻子是短寿种，二十多年前过世以后，他就一直在国内各地流浪。"

"行商是什么意思？"

"就是在各地采购珍贵的特产、食品，运到别的地方去卖。他辞了行政府分配的工作，完全自主经营。因为当年和妻子住的房子在四区，所以偶尔会回来看看。每次回来的时候都会和我们咖啡馆的员工聊他的见闻。"

伴侣过世二十多年，这么说来那人应该四十多岁。玛奇亚没怎么见过那一辈的人。不过她想起中学校长也是四十多岁的女性。

玛奇亚听说过，长寿种拥有漫长的人生，所以会担任国家与统一政府的要职，为社会做贡献。而身为长寿种，却选择那样自由的生活方式，确实是个很有意思的人。

"他叫桑加。他告诉我说，西方区再往西走，有个名叫'常世'的村子。"

"再往西，那就是西方区外面了？那边只有山吧？"

"嗯，学校里是这么教的。但是桑加先生说，有些离开行政府的人，在几百年前的城市遗址上建起了村子。他们在那里信仰唯一的神。"

神。这个概念只在历史上接触过一点点。古代社会经常把想象中的存在当作神来祭祀，过着信奉神的生活。好像那就是所谓的宗教思想。

各个地区的神有许多，教义也各不相同，所以在旧世界，宗教间的对立屡屡引发战争。因此，在统一政府建立后，信仰遭到全面禁止。为了对抗 T-Macro 的威胁，不同民族不能因思想而对立。如果发生战争，不仅不能保护正在减少的人口，还可能导致人类灭绝。

"桑加先生曾经受托去常世村卖东西。那是个小村子，小孩大人都生活在一起。他们依靠古老的发电机，使用最低限度的电力，整修旧世界的设备来处理污水。真的很厉害。桑加先生去卖衣服糖果的时候，他们都开心坏了。"

"没有儿童之家吗？如果父母死了，孩子谁来养？"

"村民都像一家人，剩下的大人会轮流抚养孩子。村里有位巫女，是长寿种的女性，看起来是个干巴巴的老太婆，实际上管理着整个村子。"

玛奇亚尝试想象那个常世村。坐落在山里，修理古老的物品，相互依靠，共同生活。大家都是一家人，信仰唯一的神。

也许和今天玛奇亚她们享受的安全便捷的生活截然不同。

"有点不敢相信。"

"嗯，是啊。不过桑加先生说他真的去过。老员工也说桑加先生不是会吹牛的人。"

保津回答完玛奇亚的疑问，接着往下说，

"在那里出生的人，只在村里成长，不知道外面的情况。如果看到中央区发达的样子，肯定会非常吃惊。"

"……当年，那些建立常世村的人，为什么要脱离行政府的管理呢？"

"也许是遇到了什么难以生活下去的事情吧。不像我们，生活有保障，又安全又方便。大概有什么事情不得不放弃这种生活……不过我完全没办法想象。"

常世，遥远的村庄。还有那样的世界？梦幻般的故事，莫名吸引着玛奇亚的兴趣。

　　生活在那里的人，会如何看待玛奇亚她们的生活呢？便捷、安全，优先考虑生育和工作的系统化社会。

　　就在这时，玛奇亚的手机在茶几上响了起来。有电话。玛奇亚站起身，走过去。是琳恩打来的。

　　"琳恩，怎么了？"

　　"玛奇亚，现在可以见你吗？"

　　平时这个时候，琳恩总在做晚饭。那是约翰的要求。现在是什么情况？不过没必要多想。既然琳恩说想见自己，那么自己也想见她。

　　"好的。我马上过来。你在哪儿？"

　　"太好了……其实，我现在就在玛奇亚家旁边。"

　　琳恩的声音像是松了一口气。玛奇亚的背后闪过一阵寒意。

　　她拒绝了保津的陪同，晚饭吃到一半就离开家。家旁边的公园只有长椅和藤架，没什么景致。琳恩坐在长椅上。

　　"琳恩！"

　　玛奇亚一看到好友路灯下的身影，立刻叫着跑过去。

琳恩白皙的左脸又红又肿。嘴角像是破了似的，渗出了血。

"玛奇亚，这么突然，真是抱歉。"

"是约翰干的?！"

"冷静点，玛奇亚，其实不怎么疼，看起来有点吓人而已。"

坐在长椅上的琳恩，露出疲惫的微笑，抬头看着玛奇亚。为什么还在笑呢？以前的琳恩虽然是无忧无虑的性格，但遇到讨厌的事情还是会表现出鲜明的情绪。然而现在她只会露出这样无辜的微笑。

"我们吵架了。约翰马上向我道歉了，但我觉得家里有点待不下去，就出来了。"

"打都打了，道歉有什么用？你以前是不是也被打过？"

"没有。除了以前额头撞过一次，后来都没动过手。"

不是没有动过手。琳恩肯定一直被强迫发生关系。玛奇亚把话咽了回去。她担心伤害到琳恩。

"不管怎么说，你今天不能回去。我去和保津商量一下，让你住到我家来。"

"嗯，那太好了……就是很不好意思，给你和保津先生都添麻烦了。"

"说什么呢。你能来找我帮忙，我很开心。"

就在这时，琳恩的口袋里传来手机的振动声。

"……是约翰。"

琳恩低头看着液晶屏幕,低声说。玛奇亚立刻说:

"我来接。我会警告他。再对你动手,就喊治安维持部队了。"

"不行,绝对不能那么说。约翰一旦被人指责,立刻就会火冒三丈,变得非常暴躁。他会敌视你的。我不知道他会做出什么事。"

那么危险的男人,竟然还和他过着夫妻生活。玛奇亚看着琳恩,越发愤怒。

来电挂断了,马上又打了过来。

琳恩若有所思地看着屏幕,然后又看看玛奇亚。

"我接了。你也可以接,但绝对不要报名字。只说是我的朋友。"

"……知道了。"

玛奇亚点点头。琳恩接通电话。

"嗯,是的,没关系。对不起。今天我住在朋友家……嗯,我想稍微冷静一下。"

听不到约翰的声音。但从对话中可以推测,他让琳恩马上回去。刚刚打完,又提这种要求,太蛮横了。

"已经在朋友家了。我让她接。"

琳恩把手机递给玛奇亚。玛奇亚深吸一口气,把手机贴在耳边。

"您是琳恩的朋友?给您添麻烦了。"

电话里传来的声音略显高亢,话语很清晰。玛奇亚本是带着质问的心情接过电话,这声音让她有些惊讶,一时不知道该说什么。

"我们夫妻俩吵架,很抱歉把您也卷了进来。本来只是些琐事。她不小心把自己弄伤的,不过好在还没严重到需要去医院的程度,请您不必担心。"

他是想把琳恩被打的痕迹用夫妻吵架的借口掩饰过去吗?无论如何,这个约翰没有表现出敌意,反而语气温和地说个不停,根本不给玛奇亚插嘴的机会。

"说起来琳恩也有些固执,和她说什么都不听。实在抱歉,今天只能麻烦您了。真的很对不起。琳恩有您这样的朋友,真是太幸运了。"

"好的,知道了。"

玛奇亚迅速地说,

"我会照顾琳恩的。"

玛奇亚不想再和约翰说话,说完就挂了电话,把手机还给琳恩。

"把电源关了吧。"

"嗯。"

琳恩收起手机,带着疲惫和安心的表情看着玛奇亚。玛奇亚强压下内心的愤怒。

"我说了我会照顾你,不能让你再回去了。我不想让你回去。"

"他肯定只是暂时的。等我怀孕了,他会对我好的。"

该相信这种一厢情愿的想法吗?刚才电话里的那个男人,是个只在乎面子的懦夫。他打了琳恩,还在拼命找借口掩饰。

那种男人竟然会和琳恩睡觉。他竟然还一直伤害琳恩。

"不可接受。"

"玛奇亚……"

后面传来沙地上的脚步声。回头一看,是保津。

"玛奇亚,没事吧?"

"保津……"

"晚上很冷,琳恩小姐也一起来吧。琳恩小姐,你喜欢意式浓汤吗?我做了一些。"

保津应该看到了琳恩脸颊上的伤。不过他并没有追问,而是给了琳恩一个笨拙的笑容。

琳恩的表情像是要哭出来似的,拼命点头。

"嗯,我很喜欢意式浓汤。谢谢你,保津先生。"

什么都没说就察觉到发生了什么。玛奇亚非常感激自己的丈夫。

随后,三个人一起吃了晚饭。在灯光下,琳恩的伤显得很严重，但保津一个字都没有提。在琳恩洗澡的时候，玛奇亚对保津解释了情况，说自己想把琳恩留下来过夜，保津立刻答应了。

"最好还是去行政府咨询一下。打得那么重，真不配做男人。"

"嗯，但琳恩说去了也没用，他肯定不会同意离婚。"

"要我去谈谈吗？"

保津身材魁梧，肌肉发达，体格健壮——在同辈的男性中，体格算是强壮的吧。而且他一向面无表情，看起来更有点吓人。

"琳恩不想把你我卷进去。她说她不知道她老公会做出什么事。"

"确实……银行员工应该都是精英分子，说不定也认识行政府的职员。如果真有那种关系，可能会在暗地里阻碍离婚，还可能强行把我们调到差劲的单位。"

原来如此，还有这样的顾虑。也许琳恩正是想到了这些，才宁肯逆来顺受。

"但是，我们也不能放着不管琳恩。"

玛奇亚语气强硬地说，

"如果琳恩痛苦，我也会痛苦。如果琳恩不幸福，我也不会幸福。"

保津走到玛奇亚身边，抱住她的头。那动作中带着安慰。

"嗯，是啊。"

那天晚上，玛奇亚和琳恩睡在卧室里，各睡一张床。保津把床让了出来，自己睡在沙发上。琳恩本来不好意思，但玛奇亚和保津都说她肯定很累，不能睡沙发，最后琳恩只得接受。

"明天我直接去上班，就是换洗衣服和早餐都要麻烦你了，真是抱歉。"

琳恩望着夜灯，侧脸上虽然带着伤，但依然很美。玛奇亚说：

"没事，不用介意。保津做的炒鸡蛋很好吃。他煮的咖啡也特别好喝。"

"意式浓汤也很好喝。真让人期待。"

即使琳恩的开朗声音是故意装出来让自己安心的，玛奇亚也希望她此刻的心情能够多少轻松一些。

"琳恩，"

玛奇亚低声说，

"我想和琳恩去很远的地方。"

"很远的地方？……对了，这么说来，自从记事之后，就没离开过中央区呢。"

琳恩似乎误解了玛奇亚的意思。不知道她是在装糊涂,还是真的没有理解。对玛奇亚来说都无所谓。

"嗯。"

她应了一声,闭上眼睛。

第二天下班后,琳恩回家去了。玛奇亚再三阻止,但琳恩说自己再不回去,约翰会更生气。

"总是吵架的话,只会彼此痛苦。"琳恩苦笑着说。玛奇亚目送琳恩离去。不能再犹豫了。

照这样下去,琳恩会一直被那个家伙困住,人生将会变得一团糟。

玛奇亚很想拯救琳恩。虽然这完全是出于她的私心,但她还是忍不住想要付诸行动。她的心还没有死到可以袖手旁观的地步。

第二天,玛奇亚请了一天假,去了中央一区。一区有她和琳恩上学的学校,毕业生可以使用学校里的某些设施。玛奇亚去学校是为了在中学的图书馆查资料。调查的内容是常世村。

她不知道会不会有文献记载那个村子,不过至少可以深入调查一下西方区。

如果常世村真的存在,也许琳恩可以逃去那里。牵起琳恩的手，一起去。告诉她，两个人一起生活。

玛奇亚没有在家里用手机调查。她怕自己失踪以后，被保津发现手机里的痕迹。在中学图书馆里，只要不办理借阅手续，就不会留下记录。所以她宁愿费些工夫。

然而用了一上午的时间翻看旧地图、查阅西方区的乡土史，却没能找到什么有价值的信息。说起来这可能也没什么奇怪的。这种信息不可能让学生看到。而且正因为没有暴露，这样的村庄才能成为逃亡的目的地。

玛奇亚在图书馆里一直徘徊到中午，直到午休时的学生逐渐多起来的时候，她才离开图书馆。当她沿着走廊走向访客出口时，迎面遇到了一位旧识。

"高田老师。"

走过来的是玛奇亚和琳恩的班主任——高田。他是长寿种，性格温和，虽然有时候会被学生瞧不起，但和其他专横的老师相比，玛奇亚更喜欢他。

玛奇亚脱口喊完，心里突地一跳。自己来这里查阅资料，本来应该尽量避免让人知道才对。

"玛奇亚同学，你好啊。今天怎么有空过来？"

高田眯起眼睛，露出温和的微笑。

"好久不见。今天我休息，很想念学校，所以过来看看。"

"这样啊。工作和生活都顺利吧？"

"是的，都很顺利。"

玛奇亚看着高田回答。他是一位和蔼可亲的教师，对所有学生一视同仁。玛奇亚忽然想到一个主意。高田是长寿种。据说长寿种从小接受的是英才教育，知识远比短寿种丰富。

"前几天，我丈夫和我说了一件事，不知道高田老师有没有听说过。"

玛奇亚装成闲聊的样子，说起了西方区之外的常世村。据说有人脱离了行政府的管理，在那里过上了旧时代的生活。玛奇亚一边说，一边感觉到自己的心脏紧张得怦怦直跳。讨论这样的事情，是不是不太合适？

"我说怎么可能有那种事，但我丈夫说他是听行商说的，肯定没错，结果我们还吵起来了。老师，您听说过吗？"

这问题也许很危险。但以高田的身份来说，他应该知道玛奇亚想要了解的信息吧。

高田把食指竖在嘴唇上，做了个嘘声的手势，轻轻点点头。

"原来如此，不过可不能吵架哦……嗯，这种消息难免总会有人知道。而且玛奇亚同学也是成年人了。"

"哎，真的有吗？"

"不仅存在常世村，而且，光是这个岛国，就还有好几个没有纳入行政府管理的小村落。"

玛奇亚倒吸了一口气。

"世界统一政府成立的时候,把这个国家的旧时代首都设立成中央区,建立了行政府,同时又向东西南北四个方向划出四个地区,将国内绝大部分人口集中在这五个地区里。直到今天,行政府都在统一政府的指导下管理这些地区的居民。但是,自古以来总有些人出于某些主义、主张,不愿意接受管理,他们在旧世界的遗迹中定居,形成村落。"

"那我丈夫说的是真的……"

"某位长寿种的研究者采访过几个那样的村落,写成了论文,只是一般人读不到。村落里的人一旦进入社会,难免会有消息传出来,你丈夫听到传闻也很正常。"

"……可是,既然知道,行政府不去取缔那些村落吗?"

自己的语气自然吗?玛奇亚压抑着激动的心跳,若无其事地问高田。

"之所以放任不管,是因为村落不可能持续存在。"

高田的语气就像是老师回答学生的疑问。

"那些村落的居民都很少,也缺乏有效的人口管理,所以几代人之后必然会消亡。而且尽管他们反对社会体制,但并没有颠覆世界制度的野心。每个村落都很简朴,里面的人忙于自己的生活。他们相当于被行政府默许和抛弃了。"

被抛弃的人和村落。那正是玛奇亚想要的乐园。

眼前豁然开朗。希望就在那里。

"谢谢老师。我得向丈夫道歉。"

"是啊,希望你们和好……对了,玛奇亚同学,你和琳恩在同一家单位吧?她还好吧?"

高田也知道玛奇亚和琳恩向来形影不离,无论是在学校还是在宿舍。玛奇亚微笑着点点头。

"她很好,等下我就要去见她。我会告诉她我遇到了高田老师。"

玛奇亚向高田道别,走出了中学的校门。

她步履轻盈,健步如飞。

乘电车回到四区。时间还早,玛奇亚在单位附近的路上等待琳恩下班。

当夕阳西下,周围都染上橙红色的时候,琳恩从单位出来了。可能是加班了,比平时晚了一点。

"玛奇亚,今天怎么了?突然请假休息。"

琳恩看到玛奇亚,露出愉快的笑容。脸上还贴着止痛的膏药。前天被打的脸颊已经消肿了,但嘴角还是有破口,红通通的。

玛奇亚牵起琳恩的手,把她拉到旁边工厂的空地上,琳恩一脸诧异,不过还是乖乖跟了过来。

"琳恩,和我一起逃吧。"

玛奇亚转过身,迫不及待地说。看到玛奇亚严肃的表情,琳恩显得有些畏惧。

"玛奇亚,怎么了?"

琳恩苦笑着皱起眉头。她意识到玛奇亚是认真的。

"不行的,我们无处可逃,逃了也会被抓回来。约翰可能会诬陷你是绑架犯。"

"我有逃跑的地方。"

玛奇亚深情地凝望琳恩。

"我讨厌现在这样。我喜欢琳恩……我想永远和琳恩在一起。我想离开这里。逃离这个社会体制。"

"这……"

玛奇亚毅然半跪在地上,抓起琳恩的手,贴在自己的额头。

她知道琳恩很吃惊,但是没关系。脑海中闪过曾经看过的那幅画。不可思议的白马,宛如守护者般依偎在少女脚下。那幅画无疑画的是一幅神圣而纯洁的场景。玛奇亚感受着奇妙的领悟,嘴唇间说出神圣的誓言。

"我爱你,琳恩。比这世上任何人都更爱你。"

数秒的沉默。

把额头从手掌上挪开,带着祈祷的心情抬头去看,只见琳恩的表情在困惑中摇摆不定。那副模样让玛奇亚的内心有种绞痛般的悲伤。

"玛奇亚……我也想和你在一起。可是,我不知道这种感觉和你是不是一样。"

琳恩显得不知所措,视线游移不定。

"你对我非常重要。但是,如果你对我的感觉,和我对你的感觉,不是同样的性质,那我就不能和你走,也不该和你走。"

玛奇亚摇摇头。不一样也没关系。从一开始,她就猜到了琳恩的回答。

"一定要区分感觉的种类吗?如果琳恩选择我,而不是选择那个男人,那就已经足够了。我不需要你对我有同样的感觉。只要一起生活就足够了。"

"可是,我……"

"陪在我身边,就像从前一样……直到最后一刻。"

泪水如决堤般从琳恩的双眸中涌出,沿着脸颊滚滚而下,有些落在玛奇亚的脸上。她蹲下来,平视玛奇亚的眼睛。水汪汪的蓝色大眼睛里映出玛奇亚的身影。

"你真的要抛弃一切,带我走吗?"

"当然。"

琳恩绷紧了脸颊,紧紧抱住玛奇亚。玛奇亚也紧紧抱住了她。

"谢谢你,玛奇亚。"

琳恩哭得像个孩子。

她们精心选定了行动日期。琳恩选了一个约翰需要开会到很晚的日子,玛奇亚也确认过那天保津刚好值晚班。

距离行动还有一周,玛奇亚悄悄地收拾好了行李。她把日常要用的东西偷偷塞进大大的背包。手机打算留在家里。

首先去西方区,然后在当地打听,寻找常世村。如果高田说得没错,那么除了常世村,应该还有几个类似的村落。也许能找到其中一个。

玛奇亚唯一有点牵挂的是保津。当他发现自己不见了的时候,会是什么反应?会向行政府和治安维持部队提交失踪报告,搜寻自己吗?是不是还会联系琳恩的丈夫,分享情报,讨论妻子的去向?玛奇亚说不准会不会发生那种事,所以她不打算写什么留言。

玛奇亚担心保津想到常世村。

如果知道玛奇亚和琳恩一起失踪,保津说不定就会怀疑她们逃去了自己曾经说过的那个不受管理的世界。如果他再把这个怀疑告诉行政府或者约翰……

要不要干脆和他坦白？不行，太危险了。他肯定会拦住自己，还有可能先采取某些措施。没有哪个丈夫会帮助自己的妻子和别人私奔。

玛奇亚装作什么事都没有的样子，一直等到行动当天。保津似乎没有意识到玛奇亚的变化，两个人依然像是志趣相投的朋友似的，过着平静的生活。

行动日终于到来。从早上开始就是大晴天。早餐准备了煎鸡蛋、面包和酸奶。这是最后一次和保津一起吃饭了。

也是最后一次喝到保津煮的咖啡了。

"保津，你中午走？"

"嗯。我记得你今天要去南方区见朋友？"

"对，马上就走了。你出门的时候记得检查钥匙和煤气。"

昨天已经把行李存到了车站的寄存柜里。接下来要做的就是一个人出门。

保津像往常一样在煮咖啡。这两个月，他煮咖啡的手法越发熟练。玛奇亚出神地看着他的动作。

冒着热气的马克杯，放在玛奇亚的面前。

"你还记得上次和你说过的那个长寿种行商吗？"

玛奇亚吓了一跳，幸好没有显露在脸上。她点点头。

"嗯，就是四处巡回卖东西的人吧。"

"那位桑加先生又来了。于是我就多打听了一些那个常世村的事。"

保津语气平静,一如既往地面无表情,不知道他在想什么。为什么突然提起这个话题?

"常世村的入口在西方区的最西边,二十二区。要加入他们的信仰,需要接受洗礼仪式。城市边缘有个叫梅芙的女性长寿种,她会带路。当然,他们不是任何人都欢迎,但至少会问问具体情况。等接受过洗礼,常世村会正式派人来接。不过桑加先生和其他行商都没有洗礼,梅芙给他们通行证。"

"入口和洗礼的消息……为什么告诉你?这些不是随随便便就能说的吧?"

玛奇亚尽力装出平静的样子,但她感觉到自己背心在冒冷汗。时间太巧了。

保津喝了一口咖啡,回答说,

"因为我付了咨询费。这消息很可靠。"

"哎……为什么……"

玛奇亚的声音发颤,面无血色。

保津把咖啡杯放到桌上,直直地盯着玛奇亚。琥珀色的眼睛和她的视线撞在一起。

"西方区可以坐电车过去,比坐车更难追踪。去二十二区只能坐车,不过一区的商业街上有个名叫寒川服务的租车公司，可以找他们。虽然要花不少钱，但是保密工作做得很好。你是和琳恩一起去吧？两个人要多带些钱。"

"保津，你为什么说这些？"

他是怎么发现计划的？也许是因为卧室里自己的东西少了一些？或者是从自己的神色中看出来的？

"你不拦我？"

"嗯。"

"……为什么……为什么帮我？"

"怎么说呢……"

保津叹息般地说。他靠在餐椅的椅背上，抬头望着天花板上的吊扇。

"大概是因为我喜欢你吧。唯一能帮你的，只有现在了。"

"保津……"

"我希望自己喜欢的人幸福。如果只有和琳恩在一起，你才能幸福，那我只能目送你离开。"

保津露出温柔的微笑。他自己都承认自己一贯面无表情。这是他专为玛奇亚展示的最亲切的笑容。

"和你一起生活的日子，我很开心。不过，你看琳恩的眼神，又认真，又热烈。说真的，我……挺羡慕的。"

"保津……对不起。"

泪水随着话语一同滑落。玛奇亚哭了起来。保津站起身，走到她身边。

"不要哭，玛奇亚。我没关系的。你失踪一年就会被视为死亡，然后我就成了丧偶的单身。我这样的人，在婚介所很受欢迎，要不了多久就能找到新伴侣。"

保津刻意用一种愉快的语气说。玛奇亚站起身抱住他。那是家人间的拥抱。即使时光短暂，两个人之间也生出了彼此共享的羁绊。

"玛奇亚，你们一定要成功抵达，然后在那里过上幸福的生活。"

"保津，谢谢你。你也一定要幸福。"

两个人紧紧拥抱，然后轻轻放开。

玛奇亚也可以选择和他一同生活。那样将会是平稳安宁的每一天吧，也一定能体会到添丁增口的喜悦。

但是，玛奇亚放弃了那样的生活。虽然保津的温柔体贴令人沉醉，但她无法欺骗自己的心。

"再见了，保津。"

"保重。"

玛奇亚很快离开了家。手机和结婚戒指都交给了保津。

"琳恩！"

四区的车站前,琳恩已经到了。她穿着大衣,背着一个大包,等待着玛奇亚。玛奇亚叫她的时候,她转过身来,脸上绽放出灿烂的笑容。

"玛奇亚,你只有那点行李?"

"放在寄存柜了。我们去拿了就走。"

"不用那么急。约翰早就走了,说是今天回家会很晚。我也说自己要去朋友家过夜。"

琳恩看起来比玛奇亚沉着得多。如果说有什么不同的话,那就是她又恢复了以往那种天真烂漫的样子。

"嘿嘿,好刺激呀。"

琳恩笑得像个小女孩,用手臂搂住玛奇亚的胳膊。

"好了,走吧。"

"嗯。"

两个人乘电车来到中央一区,然后转乘前往西方区的高速列车。

坐了一个多小时,列车空了很多。位于中央区和西方区之间的车站周围工厂林立,除了早晚的工人上下班,其他时间来访的人很少。平日里列车的班次也少。

列车驶过一站又一站。车厢里除了琳恩和玛奇亚,再也没有别人了。

"到了西方区附近,可能乘客又会多起来。"

琳恩望着车窗外面说。她坐在横排的座位上,身体随着列车不停摇晃。

"等到了地方,我们就去商业街找租车公司。我想趁今天赶到二十二区。"

"如果能到那个村子,我们两个人就能一起生活吗?"

对于琳恩的问题,玛奇亚重重点了点头。虽然她并没有确定的证据,但不想让琳恩不安。

不知道这场私奔什么时候会败露。琳恩的丈夫会不会发疯似的找她?万一他在行政府有门路,天晓得会用什么手段找人。正因为看不到未来,所以玛奇亚必须坚强。

"琳恩,你吃早饭了吗?我想买点面包什么的做午饭。"

"嗯,吃了。肚子不怎么饿,没关系。"

琳恩说完,沉默了一会儿,又看向玛奇亚。

"玛奇亚,我可能怀孕了。"

琳恩摸着肚子,告诉玛奇亚。玛奇亚大吃一惊。在自身的未来尚不明朗的时候怀孕……但玛奇亚立刻把手放在琳恩的手上,毫不犹豫地说:

"琳恩生的孩子,我也一起抚养吧。"

琳恩眯起眼睛,透明的泪水从她的眼角滴落。

"谢谢你,玛奇亚,我好开心。这是我们俩的孩子。"

琳恩在包里摸索了一会儿,掏出一个小小的盒子。里面是一对银色的戒指。

"我用工资买的。"

琳恩露出羞涩的笑容。玛奇亚搂住她的肩膀，亲吻她的太阳穴。两个人互相把戒指戴在对方左手的无名指上。戒指中央的蓝色小石子，就像琳恩眼眸的颜色。

　　"那一天，我想发的誓，是和琳恩永远在一起。"

　　听到玛奇亚的告白，琳恩把头靠在她的肩膀上。金色的头发沿着玛奇亚的手臂垂下来。车窗外照进来的阳光，让琳恩的头发呈现出透明般的白色。绮丽的景象宛如梦幻。

　　"我们已经在一起了，玛奇亚。"

　　琳恩低声呢喃。玛奇亚微微闭眼。

佳南的初恋

"我们不要孩子。"

佳南用双手包住时雄的大手,微笑着说。带着寂寞而又自豪的心情。因为这是关乎两个人一生的决定。

"嗯。"

时雄用力点头。平时梳得整整齐齐的黑发,今天散了下来,点头的时候刚好挡住他发红的眼角。

"希望能一直陪你走到生命尽头。"

"请答应我。直到生命的最后一刻,都要把我放在心头最重要的位置上。"

佳南把脸颊贴在时雄的大大手背上,慢慢地摩挲。

"我很幸福。因为我可以把余生都托付给你。"

小小的雪花从沉甸甸的浅灰色云层中纷纷扬扬地飘落。雪花太小,落在湖面上,转眼便消失不见,却也带来了冬日比往年提早半个多月的消息。佳南摩擦彼此的手,像是在给冰冷的手取暖。

穿过森林吹来的风很冷,让人没办法停留太久。

中学二年级,是学生生活的最后一年。

从学年开始的秋天到冬天的这段时间,提交自己希望的工作单位,春天则是一连串的结业考试。初夏时节收到工作单位和伴侣的通知,同时开始准备夏末的毕业典礼和结婚仪式。虽然很忙碌,不过这是决定自己未来的时期,大家都兴奋不已。

时值盛夏,二年级的佳南也迎来了这段忙碌的时期,却也有着无法兴奋的状况。她还不知道自己的工作单位和结婚对象。同学全都收到了寄来宿舍的私人信件,唯独佳南没有收到。后来班主任对她说,她的情况正在调整,需要再等一等。

这似乎是一个罕见的情况。朋友们私下传言可能是统一政府的匹配系统出错了,都很担心佳南,不过实际情况也没人知道。而且佳南自己并不担心。她天生喜欢有趣的东西,遭遇罕见情况不如说是一种幸运。而且日后与伴侣见面时,这也可以当作最初的话题。她甚至想到了那一天。

但是,距离毕业只剩下十天了,佳南仍然没有收到通知。

她终于对未来产生了少许不安。自己今后究竟会从事什么样的工作呢？会和什么样的男性共同生活，生养孩子呢？周围的朋友们都在想象和谈论只在照片上见过的伴侣。而自己将会在没有任何心理准备的情况下与对象见面。

有没有匹配失败的可能性？这是闻所未闻的情况，但既然到今天都没有任何消息，倒也不是不可能的。如果脱离这个结婚系统，会发生什么呢？

（这样可能也不错吧。）

思来想去，佳南最终生出这种豁达的念头。

这一天，佳南留在教室里写日志。夏季的白天很长，虽然已经是傍晚了，但天色还很亮。她一边沙沙地写字，一边思考。这样也不错。如果没匹配到，那就独自生活吧。找不到工作固然难办，但迟早总会找到的。

"佳南——"

外面传来呼喊声，还有在走廊上急匆匆奔跑的脚步声。教室的门开了。是丽香。两人小学就在同一个宿舍，也是班上的同桌。丽香的栗色头发梳成马尾辫，跑起来的时候就像真正的马尾巴一样不停地摇摆，很是有趣。

"怎么了，丽香？"

"宿管让你赶紧去办公室。"

"你专门跑来通知我的？"

"嗯。虽然配发了手机，但禁止带到学校来。快点快点，肯定是结婚对象的通知，快去吧。"

丽香显得很焦急。她一直在为佳南没收到通知而担心吧。佳南拿起写完的日志，站起身来。

"谢谢。我把这个交了就回宿舍。"

"我帮你交吧？……对了，这也是去见高田老师的难得机会呢。对不起对不起，那我们一起去吧。"

丽香的表情一下子变得笑嘻嘻的。佳南有些尴尬地回答说：

"很遗憾，高田老师太忙了。他让我放到教师办公室的桌上。毕竟是学期末，事情很多吧。"

"哎呀，真遗憾。感觉也没几次机会能和高田老师说话了。"

班主任高田老师是三十出头的长寿种，也是佳南的倾慕对象。从去年开始，丽香就察觉到佳南的感情，常常这样笑话她。但确实像丽香说的，不知道还能再见高田老师几次。如果宿管找自己的原因真的是工作单位和伴侣的确定通知，那么佳南的未来就会在今天决定了。

两个人一同来到教师办公室，把日志放到高田老师的桌上。高田老师果然不在。虽然心里知道，但没见到人，还是感觉遗憾。

从去年起，自己不知道像这样来过多少次高田老师的办公桌。而这样的日子马上也要结束了。佳南将要毕业，离开学校。初恋。如果这份令人心碎的感情就是初恋,那么初恋也该毕业了吧。

佳南和丽香一起离开学校,走向宿舍。学校和宿舍都建在中央一区,占地面积很大。女生宿舍距离校园需要步行五分钟。今天这样的晴天倒也罢了,下雨天就很麻烦。

"丽香,你和他怎么办?"

佳南问走在旁边的丽香。他。丽香明白这个词的意思。

"和尼克罗的交往吗?毕业之前会和他好好分手的。没办法呀。从一开始就知道会这样呀。"

尼克罗是丽香的恋人。说是交往,其实也只是半年左右的书信往来而已,很纯洁的关系。

丽香说,自己是因为委员会的工作,才和男生宿舍的尼克罗熟悉起来的。佳南见证了丽香爱上尼克罗、直至两人心心相印的情景。

"尼克罗想要我的电话号码,说是会给我打电话,发消息,但我拒绝了,告诉他说,'不管被谁的伴侣看到,产生误解,都很不好。'然后他又说要给我写信。真是不懂事。"

丽香无奈地叹了一口气,然后又低声补充说:

"唉,我就是喜欢他那种纯真的样子。"

"丽香,别勉强自己。"

"没事的。学生时代的初恋,转眼就丢在脑后了。我的伴侣是东区的站务员。长相……没有尼克罗那么帅，但工作很抢手，未来肯定很有前途。"

"一起生活和退休以后肯定都能过得很好。"

"佳南也确定失恋了呢……虽然接下来一段时间都会很痛苦，但也要努力变得幸福哦。"

确定失恋。即使心里知道，然而一旦化作词语，心头依然沉甸甸的。

将近两年，佳南一直很喜欢班主任高田老师。但从一开始就知道，这是无望的单相思。在这个没有自由恋爱的世界里，学生时代的初恋不会有结果。年轻男女之间的爱情，是无法成真的。

回到宿舍，佳南让丽香先回房间，自己去办公室，从宿管处接到了信件。那褐色的信封似曾相识。几个月前，朋友们收到的就是这种。

"打开看看吧。"

在宿管的催促下，佳南借了裁纸刀，裁开封口。

第一张纸是工作单位的确定通知，写着中央四区某个公营印刷厂的名字。她本来写的就职志愿是图书管理员，但没被批准。与书籍相关的印刷厂，也算是考虑了自己的志愿吧。无论如何，至少居住地是在中央区。

写有伴侣姓名的第二份通知，放在小一些的信封里。佳南取出信封拆开。

"哎……"

佳南怔怔地站在原地，目瞪口呆。

"高田时雄。"

这是伴侣的名字。附上的照片正是班主任高田老师。

佳南无法理解。头晕目眩，连站都站不住了。自己的丈夫是高田……他已经知道了吗？如果知道的话，是从什么时候开始知道的呢？

"我听说，有问题可以去问班主任。"

女宿管的声音中不带丝毫感情。她只是在单纯传达规定，还是已经知道高田是佳南的伴侣了？从她的外表上无从分辨。

"还在办公室吧？"

听到这话，佳南点点头，奔上回去的路。她跑向校园。刚刚十分钟前才和丽香并肩去过的教师办公室里，高田老师已经回到了自己的办公桌前。他正摊开佳南放在桌上的日志。

"老师……！"

听到佳南的声音，高田回过头来。他看到佳南手里的褐色信封，似乎猜到了她的来意，站起身对佳南说：

"到这里来吧，我们聊一会儿，佳南同学。"

高田把佳南带到隔壁的学生指导室。说是学生指导室，但其实没怎么见过在这里进行学生指导，更多时候被当作老师们的休息室使用。房间里摆着沙发和茶几,装饰得像是客厅一样。高田让佳南坐到沙发上,自己隔着茶几坐在对面。

"信里的内容你看过了吧?"

"那个……我和高田老师……结婚?"

"很吃惊吧?可能还会很不满意。但通知确实就是这样。"

高田的声音有些刻板。平时上课也是这样的氛围,怎么也不算明朗直率,但今天的表情尤为生硬。

"我……没有不满意。"

佳南用颤抖的声音回答。在这个世界上,几乎没人能和心上人成为夫妻。但自己的愿望实现了。高田老师可能不会理解自己的心情,但佳南也不好意思说自己很开心。她一时间不知道说什么才好,扭捏地低下了头。

"你可以和同学说,也可以不说。我不是初婚,而且又是这个身份,你如果觉得尴尬,也不妨什么都不说。"

坐在对面的高田还是一副公事公办的语气。传闻说他有过伴侣,好像是很早就过世了。

"因为工作的关系,我没办法参加婚礼。这一点我很抱歉。佳南同学申请租用婚纱了吗?"

"没有……我不知道会去哪个地区,而且……如果男方也是一样的情况,那也没办法做准备,所以就放弃了婚礼。"

"如果你希望的话，以后至少可以拍些照片。请考虑一下。"

"好的。"

啪的一声，高田将一把铁质钥匙放到茶几上。

"这是我家的钥匙。新生活将在我的家里开始。毕业典礼第二天，我会开车来接你，请把行李收拾好。"

直到最后，高田的说明也没有显出丝毫感情。佳南一直对这梦幻般的事实感到困惑，光是点头就已经竭尽全力了。

中学的班主任和学生。这就是高田与佳南的相遇。

最初的印象只是"很温雅的长寿种男性"，再有就是觉得他乌黑的头发和眼眸很漂亮。周围有许多黑头发的人，但高田的黑是接近于漆黑的黑。眼眸也是纯黑色，不是带点褐色的那种黑。虹膜也非常漂亮，有着乌鸦羽毛的光泽和昆虫甲壳的艳丽质感，正像是自然界中的美。佳南在镜子里端详自己琥珀色的头发和眼眸，憧憬着高田那样漆黑的头发和眼睛。

佳南是个充满求知欲的学生，小学时就是图书馆的常客。由于她总是会向老师提出各种问题，老师甚至禁止她在上课时提问。课间休息和放学后去找老师提问，成为佳南的习惯。

上中学后也依然如此，佳南会去问任何她感兴趣的问题。问的不仅是上课的内容，从日常生活的琐碎疑问，到地理、历史、自然、医学，涉及各个领域。高田老师总会耐心地回答她。比她在小学时遇到的任何老师都要细致。

长寿种所受的教育似乎与一般人不同，高田老师具有渊博的学识。佳南的问题总能得到满意的回答。这样一来，佳南就更想提问了。与高田老师的相遇，让佳南的好奇心和求知欲更加旺盛。

"佳南同学有好多想知道的问题呀。"

高田老师笑着说。那是一年级时的冬天，两人相遇两个月的时候。由于佳南几乎每天都会来问问题，高田老师可能也渐渐熟悉了她吧。

"是的，其实我真的很想多上几年学。"

高田笑了起来，脸上的表情比平时更亲切了许多。不知为什么，佳南的心怦怦直跳。同学们肯定从没见过班主任这副表情。

"我也不知道该申请哪个工作。兴趣太分散了。不知道什么样的工作才合适。"

"你想学更多的东西，想选择真正感兴趣的工作，可能需要比别人多几倍的时间。"

"这样的话,二十五年的平均寿命,太短了呀。"

听到佳南的话,高田沉默了片刻,似乎不知如何回答。他略显困惑地垂下眉头,露出微笑。

"如果能将我的生命分些给你就好了。"

心跳发出温柔的声音。这就是爱恋的发端吗?一定是的。原本的好感开始渐渐带上热切,最终化作光芒炫目的情绪。

但在另一方面,那也是从一开始就注定无法实现的爱恋。

佳南从中学毕业后,就会走上社会,与分配的对象结婚、生子,遵循这条为每个人准备好的道路。

诞生于佳南内心的甜美温柔的思慕,总有一天必须埋葬起来。然而即便如此,佳南还是开心于自己能够体味到如此温暖的感情。爱恋太美好了。自己每天都期待着能见到他。只要能见到那个人,一整天都是幸福的。

尝到初恋的滋味,是佳南的好奇心带给她的最大收获。

谁能想到,那份初恋将会在未来化为现实呢?

剩下的学生生活转瞬即逝。毕业典礼结束的第二天就是同学们的结婚仪式。居住在中央区之外的朋友们,早早地坐上电车和大型巴士。她们会在今天晚上返回宿舍，然后明天搬家。

佳南提前一天搬出了宿舍。她已经和要好的朋友们道了别。关于自己的婚姻，佳南只告诉朋友们说"我是长寿种的继任妻子"，并没有坦白住处，只说等确定下来再联系。就连最好的朋友丽香都不知道佳南的单相思有了回报。虽然高田说由自己决定，但如果佳南告诉了周围的朋友，大家一定会用好奇的眼光看他。佳南不想给高田添麻烦。

接她的车是上午来的。佳南带着少量的私人物品上了车，目的地是中央十区。

行政功能集中在一区到三区。四区到七区林立着工厂和住宅。商业街和市场都在八区和九区。出了这些地方，虽然还是中央区，但一下子就寂静下来了。十区的车站外面只有几幢住宅楼和大规模的工厂，过了车站更显荒凉，树林间星星点点地散布着古老的独栋小宅。在环抱的森林中，只有一条曲折蜿蜒的道路。

"这里是高田老师的家……"

明明刚过中午，郁郁葱葱的树木却让周围显得寂静幽暗。佳南用高田交给她的钥匙开门进入屋内，房间里的空气更显凉爽。一楼像是储藏室，走楼梯来到二楼，才有客厅和餐厅。

"打扰了。"

虽然空无一人，佳南还是忍不住低语了一声。

现代化的厨房和餐具似乎是后来加上的，与古老的房屋格格不入。

房间深处是巧克力色的矮桌、沙发、脚凳，还有壁炉。壁炉似乎没有用过，清理得很干净。宛如绘本中的世界，佳南不禁露出笑容。她本感觉自己来到了一个令人不安的地方，但这个角落很符合她的喜好。

"老师，你是从这里去上班的呀。"

既然工作地点是在中央区的中学，那么上班应该花费不少时间。到十区的车站需要走不少路，而且放眼望去周围也没有商场。附近似乎也没什么邻居可以交往。

佳南脑海中浮现出前几天高田把钥匙交给自己时的表情。平日里和自己亲切交谈的高田，仿佛刻意和自己拉开了距离，结婚问候也过于冷淡。那时自己内心一片混乱，但随着时间的推移，又开始慢慢感到了寂寞。

"那也可以理解吧，学生居然成了自己的妻子。"

佳南对长寿种的婚姻不是很了解，恐怕高田的婚姻也是受安排的，并且不知出于什么缘故，匹配到了佳南。学生做了自己的妻子，一定很尴尬。

"但对我来说，这是人生最大的幸运呀。"

佳南把行李放在沙发上，大大地伸了一个懒腰。不可能实现的初恋实现了。从今往后,自己就会和高田成为夫妻,共同生活了。只要花些时间,一定能建立起融洽的关系。

也许是因为紧张感消除的缘故,佳南在沙发上睡着了。

声音把她吵醒的时候,她才发现自己睡在沙发上。而那声音是高田在厨房里弄出来的。

"老师,对不起!我睡着了!"

"嗯,没关系的。"

高田好像正在往冰箱里放食材,背对着佳南。

"肚子饿了吧,我来做晚饭。"

"让老师做饭,真不好意思。"

"佳南同学,你的做饭经验只限于实习课吧?这一带只有车站附近才有一个市场,想买盒饭也不容易。"

高田回过头来,脸上没有任何表情。佳南倒吸了一口气。她感觉到一股冰冷的氛围,像是在把她拒之千里。

"请坐。"

"不。我来帮忙。"

佳南不甘示弱地说,站起身来。

高田脱了夹克,在厨房里开始准备饭菜。佳南虽然嘴里说要帮忙，但也不知道该怎么办才好。见到她手足无措的样子，高田似乎实在看不下去，递过来一颗生菜。

"把叶子剥下来，洗干净撕碎，做沙拉。"

"那个，老师……"

"不要喊我老师。从今天开始，我们就是夫妻了。"

夫妻。虽然畏惧于高田的冷淡态度，不过他似乎也接受了夫妻的身份。佳南努力用明快的语气说：

"是、是呀！嗯……那该怎么喊你呢？"

"大家通常喊我的姓氏高田。妹妹和前任妻子会喊我的名字时雄。"

"那我就喊你时雄先生。"

高田向佳南望去。自从回来以后，直到此刻两个人才四目相对。

"我的年纪比你大一倍，直接喊我的名字，不加'老师'两个字，是不是觉得很尴尬？"

"是很尴尬……而且你本来就是我的老师。"

"明白了。我就喊你佳南了。"

被他直接喊自己的名字，佳南的心脏猛地一跳。高田对待任何学生都很细致，从来不会直呼其名，现在却在喊自己的名字。这让佳南有种惊讶的喜悦。

"好的，就请喊我时雄先生。"

"……吃完晚饭，我带你看看房子。有什么不明白的地方尽管问。"

"啊,好的。提问我最拿手了。"

"是啊。"

高田露出一丝笑意。在学校里,大概再没有旁的学生会像佳南这样频繁跑来提问吧。

但高田没有露出更多的笑容。

晚饭后,高田带佳南参观了整幢房子。这幢三层的楼房是高田买的二手住宅。一楼是储藏室,二楼有一个客厅和两间卧室,三楼是阳光房和书房。阳光房有个大大的天窗,在树木环绕的房子里,它是光照最充足的房间。

"洗好的衣服放在阳光房里晒干。"

高田——时雄说。佳南点点头。

"好的。我会学着做家务。"

"你也有工作,从这里去四区也要花不少时间,不用太勉强自己。"

明明说要直接喊自己的名字,但实际上完全没有再喊过"佳南"这个名字。语气也依然像是老师对学生说话一样。

房子参观完毕后,时雄一个人去了三楼的书房。是去工作吗?佳南洗了澡,在手机上回了丽香发来的信息,然后无所事事地坐到沙发上。

怎么办？时雄说两个人各睡一间卧室。要做夫妻间的那种事，必须有一个人去另一个房间。佳南做好了心理准备。

对佳南而言，时雄是她喜欢的对象，作为爱的行为，她也毫不排斥。只是因为无从想象，所以难免感觉既羞涩又困惑，而且自己还在把他视为老师。

在佳南心中纠结的同时，时雄却迟迟没有下到二楼来。最终佳南放弃了等待，回到分配给自己的卧室。不应该打扰时雄的工作。今天是第一个晚上，也可以认为他是给自己一个熟悉的时间。

佳南忽然想到，在两个人还是老师和学生的关系时，放学后的交流氛围远比现在轻松融洽。而不管是结婚问候的时候，还是今天的交谈，时雄都不太看自己的眼睛，行为举止都很刻意。

"果然不喜欢结婚吗……"

佳南喃喃自语，随即又否定似的摇了摇头。

早晚会以夫妻的身份肌肤相亲的。不必着急。佳南这样告诉自己，将身体沉到浆过的床单上。虽然睡过午觉，睡意依然迅速袭来。她一觉睡到了早上。

第二天早晨，佳南又被声音吵醒。走出卧室，时雄正在准备早饭。

"老……时雄先生，对不起。"

本来想喊老师，随即反应过来慌忙改口。佳南羞愧得脸颊发烫。

"昨天也说了，家务事我比较熟悉。你不用勉强自己。有心的话，你就慢慢学习。学得多了，我们再来分担。"

时雄很快就摆好了餐具，迅速吃完，随后一个人上班去了。佳南的报到日是明天，今天有一天的空闲。

吃完后收拾好桌子，来到楼上的阳光房，洗的衣服已经都晾起来了。昨天说过清扫用品的位置，于是佳南打扫了整个房子，下午出门去了。她散步到车站，确认了市场和药店的位置。主要的交通方式和一区一样，都是电车和巴士，但班次恐怕比一区少得多。

今天是个多云天气。尽管天气依然很热，但感觉这里要比一区低两三度。也许是位于森林里的缘故，昨天晚上还有点冷。

佳南走在荒凉的道路上，眺望四周。学校里学过，十区到十三区都是大规模的耕地。但在车站附近，只有空地和小小的田畦。稻田和耕地可能还在更远的郊外。和一区相比，这里是个寂寞的乡村，但也是一片新的天地，感觉并不坏。

可以和喜欢的人一起生活，没有比这更幸福的了。

那天晚上，时雄很晚才回家。佳南先睡了。第二天也没机会进行夫妻之间的那种事。而明天便是佳南的报到日。

翌日一早，佳南乘电车去往四区的印刷厂。今天开始就在这里上班了。听说这里是印学校课本和文艺书籍的公营印刷厂。虽然没能成为图书管理员，但能在喜欢的书籍包围中工作，也值得庆幸。佳南混杂在众多新员工里，参观了印刷厂，随即开始了全体培训。一天很快过去，没遇到什么大问题。

下班后乘电车回到十区，乘电车上下班确实有点麻烦。学生时代的校舍虽然面积很大，但宿舍和教室毕竟都在同一片地方，走几步就能躺上床了。如今要坐到自家的沙发上，电车和步行都需要很长时间。时雄要去中央一区上班，时间更长。多少年来都要这样上下班，家务事也要自己一个人做吧。前妻还在的时候也是这样的吗？

佳南一边想，一边下了电车。穿过闸机的时候，正好看到提着购物袋的时雄，他像是刚刚在市场里买完东西。

"时雄先生。"

佳南跑过去。时雄回过头来。

"你回来了。工作怎么样?"

"没有问题。工作没什么难度,我也在努力学习。"

"是吗,我又做了一年级的班主任。"

"嘻嘻,新班级怎么样?"

时雄微微一笑。

"比你们那一届听话多了。"

佳南本想说这不可能,不过又想起自己班上确实有许多很活泼的女生,整天叽叽喳喳说个不停。时雄就像是被那些女学生推着走一样。

"没有像你这样的提问大魔王。"

"管我叫提问大魔王真是太过分了。换成是你,不知道的事情难道不想知道吗?"

"遗迹、动物、天气、旧世界……范围太广了。你每次一来问问题,我就胆战心惊。"

"你不是全都回答上来了吗?让我感觉长寿种真的什么都知道。"

"因为学习的时间很多啊。"

时雄回答说,他的侧脸上表情很平静。佳南不知道他在想什么。不过,现在的对话有点像是上学时的氛围。这样的话,是不是能和以前一样融洽地交流呢?现在是不是更容易表达自己的感情呢?

"一开始纯粹是为了满足好奇心,才会经常跑来找时雄先生。"

佳南决心说出口。她牢牢盯着时雄的侧脸，不放过一丝表情变化。

"但是慢慢地……提问的目的变成了想和时雄先生说话。"

佳南的心跳得飞快，几乎要从胸膛里跳出来了。第一次明确表达自己的心情，时雄会怎么想呢？

但是，时雄只是沉默了一瞬，低低应了一声"这样啊"。

吃过晚饭，时雄又把自己关进了书房。明明就在身边，却不能像学生时代那样去问问题。佳南坐在客厅的沙发上，无所事事地过了一晚。搬家、工作，开始新生活，身体很疲惫，心情却沉重得无法休息。

她本计划不顾一切地告白，因为氛围一度变得像以前那样温柔，所以她觉得是个好机会。自己对时雄抱有好感，自己的话应该明白无误地传达了这层含义。然而时雄却置若罔闻。看到他那副毫无兴趣的态度，佳南不禁觉得自己受到了伤害。虽然外表强装镇定，内心却在隐隐作痛。

忽然，客厅的书架吸引了她的目光。小小的书架上排满了小说和杂志。时雄说过,自己可以随意翻看。

"反正睡不着。"

佳南干脆坐到地板上翻找书架上的书籍。她抽出几本感兴趣的小说杂志,堆到地上。

突然,她在书架最边上发现了一本书脊上没有印字的书。取出来一看,那是一本相册。应该可以看吧。佳南略一犹豫,翻开相册。

相册用了厚厚的天鹅绒做封面,尽显奢华,但里面的照片并不多。有几张时雄童年时代的照片,以及与小女孩的合影,还有一张成年女性的照片。女孩和成年女性都是黑发,和时雄一样,长相也有些相似。之前在说到称呼时,时雄说过他有个妹妹,估计就是这个女生。

"长寿种会和家人一起生活呀。"

在那之后,随着时间渐进,成年时雄只有一张照片,看起来比如今年轻十多岁的样子。照片上的时雄身边还是那位貌似妹妹的女性,漆黑头发,深色眼眸,容貌与时雄更像了。两个人都穿着白衣,看背景像是在某个机构内部。她也是长寿种吧。两个人好像是一起长大的,她现在在哪里生活呢?

翻到最后一页时,一张照片掉了下来。看到那张只是被夹在相册里的照片,佳南的心不禁揪了起来。

一位金色卷发的女性穿着婚纱,和时雄站在一起。时雄也穿着燕尾服。那是婚礼的照片。

"前任妻子……"

毋庸置疑,这就是亡故的前妻的照片吧。照片上的两个人都带着羞涩的笑容。前妻是个皮肤白皙的女子,脸上的雀斑让她的笑容更显迷人。

"还在爱着她吗……"

分开的卧室,冷淡的语气,置若罔闻的告白。

在他看来,佳南只是个孩子吧。几天前还是自己的学生,突然间就成了妻子,肯定也无法把自己视为性爱的对象。

但是,如果他的心里住着另一位女性呢?那么不管等待多久,他的心里也不会给佳南留出一处容身之地吧。

能和喜欢的人成为夫妻,自己应该是世界上最幸福的人。可是,自己却生出了如此空虚寂寞的心情。新婚生活的第三个夜晚,就这样过去了。

新生活过去了一个半月。佳南每天都往返于四区的单位和十区的自家之间。

在印刷厂,她被分在装订小组。工作大多很简单,但需要专业知识的工作也有不少,需要佳南向老员工认真学习。和出版社的交流、与设备维护公司的沟通,都有别的部门负责，不过按照厂里的说法，随着经验的积累，佳南也可以承担那样的工作。

同事们都很亲切，一天的大半时间都花费在工作上。能够有一个融洽的环境，那是非常有帮助的。

不过，难点在于人手长期不足。也许是因为整个小组都是女性的缘故，这一个半月里就有两人休了产假，下个月和再下个月也有人计划休产假。此外还有好几位挺着大肚子的同事。虽然也有不少同事返回工作岗位，但还是抵不上休假的人数，小组长也说这个组很容易缺人手。组长二十三岁，有过三次分娩经历。似乎只要还干得动，就会一直在这个岗位干下去。

走上社会以后，佳南切身感受到不可能将怀孕和分娩从女性的生活中剥离。分娩和半年的育儿时间会打断女性的职业生涯，导致许多女性不能返回原本的岗位，或者不能实现自己的职业规划。不会被打断的男性更容易担任要职，这是实情。

按道理说，工作越努力，本应该越受褒扬才对。就像生的孩子越多越受赞美一样。

但另一方面，佳南也生出了隐约的焦虑。她与时雄之间从未有过性接触。明明被反复教育生育的重要性，却连他的手都没有碰到过。

和时雄的生活非常平淡。早晚一同吃饭，闲聊几句。佳南慢慢习惯了家务，开始给时雄帮忙做饭洗衣。

但是，时雄除了吃饭和做家务，其他时候都关在书房里工作。他身为长寿种，肯定比其他老师的责任更重，要做的事情也更多吧。然而在共同生活期间，见面的时间却被压缩到最低限度，委实给佳南一种刻意回避自己的心痛感。

卧室也是分开的，佳南甚至不知道他的就寝时间，当然也无法邀请他来做那种事。而且佳南本来也未经人事，由她发起邀请根本无从说起，对她来说难度太高。

尽管如此，两个人终究需要生孩子。夫妻应当努力怀孕生子，这不是时雄在学校里教的吗？然而他自己却不想生孩子，这算什么呢？

到底还是因为他的心里有个无法忘怀的女性吧。

"佳南，佳南？"

那一天，刚走出印刷厂，佳南听到有人在喊自己。那是个身穿工作服的男性，佳南认出他是自己的中学同学，名叫亚历克斯。

他和佳南不在同一个班级，不过有时候也会一起上大课。一年级的时候，亚历克斯和佳南在同一个小组做过社会学的课题。

"亚历克斯,好久不见,没想到会在这里碰见你。"

"果真是你啊,佳南。你搬到哪里去了?谁都不知道。传闻说你嫁给了有钱的长寿种做后妻。"

自己对几个朋友说的话,似乎成为流言传到了亚历克斯耳朵里。除了佳南,再没有人迟迟没决定对象,所以成为流言蜚语的主角,也不是不能想象。佳南庆幸自己没有说出时雄的名字。

"我丈夫确实是长寿种,但没什么钱,就是个普通人。我现在住在十区,在这家印刷厂上班。"

亚历克斯在男生中也是核心的存在。他为人开朗,嗓门很大,身边总是围满了朋友。小组研究的时候也很积极,总是在图书馆和空教室里制作资料。

"十区啊,那可真远。我在印刷设备的制造厂上班。你们厂里的那台设备,也是我们的机器。我被分配在维修部门,也是我所希望的。今后我也会跟着老员工经常过来。"

"这样啊,能分到心仪的部门真是太好了。我也很高兴能见到老朋友。"

"今天有时间吗?一起喝杯咖啡再回去?"

突然的邀请,让佳南犹豫了一下。但是,相互都有伴侣的男女,在工作之外私下见面,似乎有些不合适。

"抱歉,我和丈夫约好了一起吃晚饭。"

"去外面吃大餐？哎，果然有钱啊，你老公。"

亚历克斯的感叹中带着一丝讥讽。佳南装作没意识到，带着笑容抬起一只手。

"很高兴见到你，亚历克斯。回头见。"

"那，下回请你吃午饭。工作间隙总可以了吧？"

他似乎明白自己在刻意和他保持距离。佳南暧昧地笑了笑，点点头。

回到家的时候，太阳已经落山了。虽说眼下是秋意渐浓的时节，太阳落山也越来越早，但森林里的这幢房子还是让人觉得黑夜降临得太快了。

时雄正在厨房里做饭。佳南的学生时代，担任老师的时雄好像总是在学校留到很晚，而现在这个时间已经回到家里，大概是因为关心佳南吧。早点回家，把工作带回家来做，这肯定是把自己当成家人照顾的缘故。

"我回来了。时雄先生，我来帮忙。"

"你回来了，那沙拉就交给你了。红豆和生菜。"

"时雄先生很喜欢红豆沙拉呀，我也喜欢。"

"很好吃吧？"

两个人的对话貌似亲密，但除了称呼外，语气和距离依然还是老师和学生的模样。那不是夫妻间的亲密。

"刚刚我在单位附近见到了中学同学,是男生班级的。时雄先生应该也教过他们数学吧?"

"哦,是谁?"

"亚历克斯,男生A班的。做课题的时候和我分在一个小组。"

"哦,就是那个嗓门很大、活泼开朗的男生啊。现在他在哪儿?"

"听说在一家印刷设备厂工作,我们也在用他们的设备。虽然是碰巧,但是好久没见,也蛮怀念的。"

时雄正在煎肉。他沉默了一会儿,开口说,

"你还有几位同学也在四区工作,像是玛奇亚同学。你不妨和她们联系一下,下班以后约个饭什么的。"

佳南想了想,然后挤出一个笑脸。

"玛奇亚呀,她要陪自己老公哟。我也想和时雄先生一起吃晚饭。"

"我是说,你不用太顾忌我。"

时雄生硬地说完,用铲子把肉翻了个面。他的侧脸看起来有些冷淡。佳南想要找个话题。啊,想到了。

"对了,那个书架,我可以把学生时代的照片放上去吗?"

"……嗯,可以的。"

"那个,时雄先生说过我可以看,所以我就翻了相册……时雄先生，把妹妹和前妻的照片也放出来，可以吗？"

神经太大条了吗？但是，如果不趁这个机会问，恐怕再也没办法自然带出这个话题了。佳南确实很想知道他家人的事。

"算了吧，并不都是美好的回忆。妹妹和前妻都过世了。"

时雄把煎好的肉盛到盘子里，端上桌去。佳南也捧起装好的沙拉，追在后面。

"妹妹叫樱子，生病去世了。二十一岁的时候。"

"啊……对不起，我不知道你妹妹去世了……我以为和时雄先生一起长大的，应该也是长寿种。"

"嗯，一起长大的。她也是长寿种。母亲去世以后，我们在中央一区的研究机构里接受教育。成年以后，她就在那个研究机构里上班，直到去世。"

时雄坐到桌边，用不带任何感情的语气说。他手里忙着用刀叉切肉，丝毫不看佳南。

"苏菲亚，我的前妻，去世时年纪更轻。结婚的时候我十八岁，她十五岁——"

"十八岁……"

"嗯，在长寿种里很常见。如果没找到基因适应度高的伴侣，匹配就会推迟。我和苏菲亚结婚两年后，她在十七岁的时候去世了。"

时雄简短地说完了前妻和妹妹的死，语气中没有丝毫感情，这让佳南更觉得罪恶。他肯定是刻意控制着感情，装出的平静吧。看起来就是这样。

"妻子和妹妹都不方便把照片放出来怀念，我可能本身也比较冷漠。而且她们过世很久了，平时我也忘了。"

"……随着时间的流逝，珍爱的人过世的悲伤也会慢慢痊愈吗？"

"怎么说呢，难道不是这样的吗？只有这样，长寿种才能活下去吧。"

时雄说着，手上依然不停。佳南没有用餐，默默地看着丈夫。

时雄的伤口丝毫不像愈合了的样子。和嘴上说的相反，内心应该还痛着吧。然而自己还是强迫他讲述了过去的事。摆照片这种借口果然太不懂事了。不不，打听家人的消息，本身就很不懂事。佳南决定连自己的照片也不摆出来了。

自从偶遇以来，佳南又遇到过好几次亚历克斯。负责佳南所在印刷厂的还有其他人，所以只能认为亚历克斯是自告奋勇来的。每周至少会见到一次，每次都会邀请佳南吃饭，佳南每次都坚决拒绝。最多只是给他用员工的廉价纸杯送一杯咖啡，在休息角闲聊几分钟而已。

佳南并不想表现得太过自我，但她接受的教育提醒她应当和伴侣之外的异性保持距离，而且佳南自己也这么认为。

亚历克斯大约是带着对中学时代的怀念，以及与生俱来的开朗看待佳南的吧。彼此都刚刚进入全新的环境，碰到老同学肯定很高兴。

但是，佳南不想让同事误解自己和亚历克斯的关系，更不希望有什么奇怪的流言传到时雄耳朵里。她不想让自己喜欢的人误解。而且如果时雄真的听说了什么，却又不责备佳南的轻浮，那就更可悲了。

然而这一天佳南下班时又被亚历克斯喊住了。她无可奈何，只能在休息室里陪他喝了一杯咖啡，站着聊了一会儿。这时候距离他们的偶遇已经过了差不多一个月。

"佳南，你和你老公相处得好吗？"

聊到一半，亚历克斯忽然冒昧地提了这个问题。佳南不知道怎么回答，暧昧地点了点头。

"还算……好吧。"

"这么说来，就是不太好喽。我明白的，那种感觉。"

调侃的语气让佳南一下子生气了。

"我丈夫比我大很多，是个知识渊博的成年人。我认为自己不能太孩子气。"

"是哦。"

亚历克斯随口应了一声,也不知道是赞同还是反对。

"我和我妻子相处得不好。"

"哎?"

"她估计在本地还有自己喜欢的男人。两个人还有来往。经常偷偷摸摸看手机。"

向来开朗的亚历克斯,表情忽然间变得很阴沉。手里的空纸杯被他捏扁了。

"这……单凭这点不好下结论吧。"

"但是看看就知道了。她对我毫无兴趣。"

佳南咬住了嘴唇。这句话令她痛苦。无法否认,他的境况和自己一样。

"当然啦,我也不是对她爱得死去活来。但既然是夫妻,总该努力喜欢彼此吧?可是她……现在她怀孕了,但是我一直怀疑那孩子不是我的。"

"亚历克斯,你不能那么想……"

"你知道中学时代我就喜欢你吗?"

话锋突然一转,佳南震惊地盯着亚历克斯的脸。他正带着苦笑看着佳南,视线无意间撞在一起。

"从小组课题的时候开始的,我很喜欢你的开朗和强烈的探求心。还有像琥珀一样的发色、眼睛,笑起来的样子也很可爱。"

"这……哦……"

中学时代的佳南,眼里只有时雄。她从没想过会有人喜欢自己。这时候说谢谢好像也很奇怪,佳南困惑地低下头。她意识到自己不能再和亚历克斯对视了。

"佳南,你想生孩子吗?"

"哎?孩子?"

"你们应该也不是完全没有做过吧,但和你老公应该相处不好吧?那就和我生孩子吧。"

佳南完全不明白亚历克斯的意思,不知道怎么回答,但至少感觉他的话很刺耳,让自己脊背发凉。

"你老公是长寿种,就算没有孩子,也不会为钱发愁。但是,佳南你不想做妈妈吗?和我做,就能生孩子了。把我的孩子说成是他的,就能生了。"

"什么意思……这对你没有任何好处。"

"是啊,但是很有意思,不是吗?你不想让自己的伴侣吃点苦头吗?对于那种粗暴对待你的家伙,爱情啊、忠贞啊,都不值得。"

亚历克斯讥讽地说。

"想象一下,佳南。你老公什么都不知道,一脸蠢样地哄着我的孩子。那样子可笑吧?"

本来很开朗的亚历克斯,仅仅两个月就变成了这副样子。是不尽如人意的夫妻关系伤害了他的尊严,为了保持自尊心才说出这种话的吗？连这种想法的丑恶都判断不出了吗？

"没有回报的爱情，是徒劳的吗？"

佳南站直身子，不再背靠墙壁。她面对亚历克斯说，"可能确实会感到寂寞，但我不认为这会没有意义。我喜欢我丈夫。他可能对我没有兴趣，但我想继续向他奉献我的感情。我不想背叛他。"

"你太一厢情愿了。"

"一厢情愿也没关系。但是，亚历克斯，你不能为了报复伴侣就想做这种事。和伴侣好好谈谈，要比这样好很多。"

亚历克斯显得有些激动，随即又沉默下来。过了一会儿，他把捏扁的纸杯丢进垃圾桶。

"我回去了。"

"嗯。"

"抱歉对你说了些奇怪的话。"

说完，亚历克斯头也不回地离开了休息室。

走出印刷厂，外面下雨了。到十区的时候雨势更大，佳南虽然带了折叠伞，但裤管还是湿了，连鞋子里都是水。还好明天休息，可以洗了晾干。佳南想着这些，然而心情一直都没能平静下来。亚历克斯的话一直在心头若隐若现。

心意不通也没关系。佳南嘴上这么说,心中却很不安。结为夫妻以来已经两个多月了,和时雄的距离不仅没有缩短,两个人之间那堵看不见的墙壁的存在感反而日渐明显,时雄并不把佳南视为自己的妻子,佳南很清楚这一点,因而痛苦不已。

回到家,脱下湿透的鞋子,换了室内拖鞋,走上二楼的客厅。没过一会儿,时雄也回来了。他的裤腿也湿透了。

"雨好大。你怎么样?"

佳南没有说话,默默地看着在客厅门前擦拭雨水的时雄。在他转身要去换衣服的时候,佳南开口了。

"今天,我和亚历克斯聊了一会儿。"

时雄回过头来。佳南唐突的话语让他停住脚。

"他说他和妻子的关系不好,想让我给他生孩子。"

这话终于让时雄也不禁脸色一变,他一脸疑惑地盯着佳南。

"……那,佳南是怎么回答的?"

"我说我爱我的丈夫,不可能同意。"

时雄叹息般地低低说了声"是吗"。只有这点反应吗?佳南皱起眉头,倾吐般地问:

"时雄先生,我们不生孩子吗?"

时雄沉默不语。佳南眉头紧皱,袒露自己内心的痛苦。

"我们是夫妻。我一直一直很喜欢高田老师,我去找你问问题,是因为想见你。能成为你的妻子,我很开心。可是,你从不碰我。"

"佳南。"

"你忘不了前妻吗?我不能代替吗?"

时雄缓缓摇了摇头,一脸疲惫。

"不是那样的。"

"那是怎样?长寿种没有生孩子的义务吗?在学校里告诉我生育很重要的,不是你吗?"

"系统把我们匹配在一起,说明也期待我生孩子。可是——"

时雄停住了,用那如同深渊般的黑眸盯着佳南。

"我不想和任何人生孩子。永远都不想。"

佳南握紧拳头,指甲嵌进肉里。大滴的泪水从眼睛里滴落。果然拒绝了自己。他在和自己保持距离,只是在玩过家家般的虚拟夫妻游戏。

"这么说,你根本不需要我。"

佳南的声音很嘶哑。她低下头,从时雄身边跑了出去,冲下楼梯,丢掉拖鞋,把脚塞进湿透的鞋子,直接冲出门外。雨声笼罩着森林，大滴的雨水砸得树枝摇晃不已。佳南跑进森林，走在黑暗中。她无处可去，只想从时雄面前消失。

"佳南！"

背后传来呼喊声。佳南无视那声音，默默地走在柔软的泥土和草丛中。冰冷的雨冻僵了身体，湿透的鞋子很难受，但双脚已经没有感觉了。

"佳南，等等！"

声音越来越近，时雄似乎发现了自己。佳南没有回头，继续往森林深处走。

"路太滑了，前面还有沼泽，不能再往前走了。停下来！"

时雄追了上来，抓住佳南的胳膊。佳南正想回头，脚下在泥泞的土地上打滑，身体失去了平衡。

由于胳膊被时雄抓着，佳南没有摔倒，只是半跪在地上。但全身都被雨水和泥土弄脏了。

"两个月了，这是你第一次碰我！"

佳南愤怒地叫喊着。

"我已经不是你的学生了！可你还是把我当成学生！从来不碰我！还说你不要生孩子！"

"佳南，回家吧。"

"别管我。如果不需要我，就别对我好。我不需要同情……不要……"

佳南瘫倒在地,呻吟般地哭了起来。泪水怎么也止不住。我爱的人不爱我,这竟然如此痛苦。只要能陪在身边就觉得幸福——那样的日子早已远去了。

"算了……我不奢望了……你想这样……我们就这样吧……就做一对表面上的夫妻……我会扮演好的……"

"佳南,你可以恨我。可以更恨我。但是,只要你是我的妻子……我就……"

接下来的话听不到了。佳南被强行拉起来,带回家里。时雄把她送进浴室,她强撑着给自己洗了个澡,但眼泪还是止不住。随后佳南连饭都没吃就躺上了床。

她感觉自己做了个痛苦的梦,睡得很浅,时梦时醒,可能是临近黎明的时候终于睡熟了,再睁开眼睛的时候发现时雄坐在床头。他搬了梳妆台的椅子过来,坐在上面打瞌睡。

"时雄先生……"

佳南躺在床上喊了一声,时雄猛地醒了过来。

"佳南,身体怎么样?有没有发烧?"

"……我没事。"

"是吗。抱歉擅自闯进你的卧室。"

说完这句话，时雄沉默了一会儿，然后终于抬起头来。

"这个晚上，我想了很多。"

你还能想什么？佳南带着自暴自弃的心情，盯着天花板。

"今天是休息天，如果你身体没问题，我们出去走走？"

想到最后的结果就是两个人出门走走吗？行吧，去哪里走走？但就连说这种话都很疲惫，佳南默默地点了点头。虽然满怀绝望，但时雄似乎想对自己说什么。不知道他想说的能不能拯救自己，总之既然是他想说的，自己就该听听吧。

鞋子因为昨天的事情满是泥水，手边只有中学时代的皮鞋可穿，感觉稍微有点挤脚，不过应该没问题吧。

在时雄的陪伴下，两个人去车站坐了巴士。看来不是要去市中心，而是去郊外。在十二区的车站换了另一趟巴士，继续往更远的郊外走，最后在一片荒野中下了车。两个人乘坐的巴士继续开往十三区，不过时雄的目的地似乎就是在十二区这片什么都没有的地方。周围没有菜园，没有稻田，也没有人家。远处有几头牛，可能这一带有牧场吧。

"还要再走一会儿。"

时雄指的方向有座低低的山，山脚下是一片广袤的森林。看起来不适合穿皮鞋走，但佳南还是毫不畏惧地点了点头。

出门时是早上，现在太阳已经升到了头顶。天上白云密布，山野里吹着宜人的秋风。十区的自家周围也很安静，但相比起来，这一带更是偏僻的乡村。佳南从没想到中央区也有这样的地方。

森林里的道路似乎经过精心修整，这样的地方可能也有人来散步吧。下了巴士又走了一个多小时，两个人来到湖边。

"好漂亮。"

佳南不禁喃喃自语。森林中的湖泊闪闪发亮，水面上倒映着天空和树木。时雄从包里取出水壶，递给佳南。

"看到那边那幢房子了吗？"

时雄指的是对岸稍高的地方，那里有一幢黄色屋顶的小房子。远远望去，房子破烂不堪，像是废弃了很久。

"那是我和母亲、妹妹住过的房子。"

时雄说。佳南抬头望向丈夫的侧脸。

"三个人，生活在那里？"

"嗯。我母亲是短寿种，在她过世之前一直生活在那里，直到我六岁，妹妹四岁……那时候是最幸福的。"

时雄看向佳南，黑色的眼睛里闪烁着苦楚的光芒。

"我和你说说我的事吧。"

"好的。"

"我父亲是长寿种,也是延寿研究的第一人。母亲是普通的短寿种,但和父亲的基因适应性很好,生下长寿种的概率很高,所以被选中做伴侣……和你一样。"

佳南倒吸了一口冷气。果然,自己也和他的前妻一样,是因为基因的缘故被选作伴侣的。

"我的哥哥和姐姐都是出生之后很快就死了。带有长寿基因的我和妹妹樱子,和母亲生活在那幢房子里,有时候也会去中央一区做检查。父亲不常回家,母亲和我们住,就算自己身体不行的时候也没有找人帮忙。她想象着自己过世以后我们会受到什么样的对待,所以极力和我们长时间生活在一起。"

或许是回忆起短短数年间的幸福吧,时雄目不转睛地盯着对岸的家。

"母亲去世后,我们果然被带到了中央一区,送进了父亲的研究所。我们从一开始就是实验儿童。在接受长寿种教育的同时,还被强迫参与各种实验。没有朋友,不过幸好我还有樱子,只要有她在,就不会感觉孤独和空虚。她大概也是一样吧。后来我们长到十几岁的时候,都做了研究者,成为父亲的助手。然后我在十八岁时和妻子结婚了。"

时雄在佳南这个年纪，就已经担任了重要职务，参与了延寿研究。那为什么现在时雄不再做研究者，而成为了一名教师呢？长寿种的父亲没有反对吗？

"你夫人……也是因为基因的适应度而被选中的吧？"

"以前我也提过，长寿种都是这样。虽然说长寿种都是偶然诞生的，但最好是能继承长寿基因。父亲选择了和我适应度很高的苏菲亚。她比我小三岁，和你一样，嫁过来的时候对研究者的想法一无所知。她一直没有怀上孩子，最后终于怀孕的时候非常开心。但是——"

时雄顿了顿，低下头。

"她的身体不是很好，和肚子里的孩子一起过世了。十七岁。"

"和肚子里的孩子……"

同时失去了最重要的亲人和自己的孩子，光是听到就觉得天旋地转。佳南说不出话。

"父亲说，基因再好，不生孩子就没有意义。他让我等一等，会再给我找适应度高的女性。我以为这是在安慰刚刚失去妻子的儿子，其实他根本没把我当成儿子。我为了不让自己想起苏菲亚，埋头在研究工作中。三年后，妹妹樱子也过世了。"

以前也听时雄说过妹妹和前妻过世的话，但和那时候的平静相比，此刻的时雄痛苦地紧锁着眉头。

"樱子虽然是长寿种,但在父亲的要求下,不得不与多名同为长寿种的同事生孩子。反复的流产严重摧残了她的身体和精神,而我对此一无所知。最后她因病去世。"

"这……"

"对父亲来说,母亲和我们都是实验动物。我和妹妹的任务都是用身体参与实验,延续遗传基因。也许该算是幸运吧,樱子早早过世了,没有带来更多可怜的实验儿童。她在临死前一直向我道歉说,'我这么快就死了,对不起,留下哥哥一个人,对不起。'"

时雄紧握的拳头在微微颤抖,他失去了多么重要的人。他的人生就是不断地失去。

"在火化妹妹的时候,父亲说,'像你们妈妈那么好用的女人,很难找到啊。'我对一切都绝望了。之所以辞去研究者的工作,做一名教师,也是因为不想待在父亲身边。我无法像他那样,把人分成有用的和没用的。"

"时雄先生……"

"和你结婚也是父亲的指示。基因适应度很高,很可能生出长寿种。我无法逃脱父亲的魔咒,你也未必不会遭受苏菲亚同样的命运。就算平安生下孩子,大部分都会比我死得早。就算能长命,也会被父亲当成实验儿童圈养起来。"

时雄用力摇头,放声大叫,

"我不想带来更多可怜的孩子了!"

佳南扑上去,紧紧抓住时雄的手臂,把脸埋进去。

"我明白了。我完全明白了。让你回忆起痛苦的过去,太抱歉了。"

"我……我厌恶这一切。不管是这个把人与人的爱撕裂的世界,还是我这个生活在满是短寿种的世界里的长寿种。我也厌恶未来,那个总有一天会送走你的未来……"

时雄垂头跪倒在地上,佳南抱住他。这是两个人第一次拥抱。

"人类怎么样都无所谓。就算灭绝,和我也没有关系。如果失去一切就是我的命运,那我宁肯世界现在就毁灭……"

"换成我也会这么想。"

佳南抚摸着时雄的头发,就像母亲抚摸孩子一样。一遍又一遍。

"时雄先生这样说,那我也不要孩子。"

"佳南……"

"但是,我是你的妻子。我已经成了你的妻子。"

佳南蹲下去,正视时雄的脸。看着他那张被回忆折磨的脸,佳南将手掌轻轻贴在时雄的脸颊上,温柔地包住。

"做我的妻子,是你的不幸。"

"不是的。我说过的,你是我的初恋。我在中学时代就喜欢时雄先生。成为你的妻子,我很开心……可以的话,今后我希望能作为一个女人,得到你的爱。"

佳南微笑着说。很久很久以前,她就想要像这样看着他的眼睛。同样的高度、同样的立场。虽然他背负的东西非常沉重,但只要开口倾诉,就是一种拯救。

"我把剩下的十年奉献给你。不是作为生育长寿种的肉体,请让我作为一个女人,陪伴在你身边。"

时雄伸长手臂,环绕到佳南背后,把她拉进怀里。

"佳南,我很喜欢你的聪慧,还有旺盛的好奇心。但正因为如此,把你卷进我的人生,让我感觉特别惭愧。"

"我不认为听了你的话,就是被卷进了你的人生。"

"我可以爱你吗?我并不能给你带来理应有的幸福……"

"高田老师,爱的告白应该带着更美好的笑容。"

说着,佳南也流下了泪水。

"在你漫长的人生中,和我渡过的十年,一定会是幸福的时光。我发誓。"

彼此的眼中都饱含泪水。但尽管如此,重叠在一起的柔软嘴唇依然温暖。手掌握在一起的力量依然强劲。

天色不知何时阴沉下来,纷纷扬扬地下起了小雪。两个人望向湖面和对岸的黄色屋顶。

"我们不要孩子。"

佳南用双手包住时雄的大手,微笑着说。

"佳南,辛苦了。"

走出印刷厂,时雄等在门口。佳南跑过去,撒娇似的用手臂挽起时雄的胳膊。

"都说了,不用时雄先生过来接我。半路下车太麻烦了。"

"也没多麻烦,况且你的单位离车站又近。"

时雄温柔地微笑着,举起另一只手里的盒子给佳南看。

"哎呀,那是什么?"

"蛋糕,今天是我们第九个结婚纪念日。"

佳南露出幸福的笑容。今天是两个人的结婚纪念日。虽然比别的夫妻晚了两个月,但自从九年前两个人心意相通的那个秋日以来,每年都会庆祝。

"在波拿巴咖啡馆订的?"

"嗯,你不是喜欢那里的蛋糕吗?当然,里面是……"

"甜橙蛋糕。"

两个人异口同声地说。他们对望一眼,一同笑了起来。

结婚九年,佳南马上就要二十四岁了,时雄也要四十岁了。

时雄继续从事教师的工作,每天都去中央一区的中学上班。佳南分在印刷厂的事务部门,管理发货和配送事务。作为印刷厂的老员工之一,受到同事和下属的信赖。

两个人没有生孩子,正如约定的那样。九年间,只有夫妻俩相依为命。

"话说回来,时雄先生真是爱操心。虽然从二十三岁就开始领养老金了,但我还健康得很呢。"

佳南逞强地说。不光是今天,实际上时雄经常来接佳南下班。每天也不让她做太多的家务。

"我知道你很健康。就因为你太健康了,我还有点担心你乱来。这个心情也希望你能理解。"

"好的好的,下周的体检让你陪我去。"

但是说实话,佳南很想一个人去体检。

近来她开始感觉到视力衰退了。早上起床总是浑身僵硬,有些日子都不能很好地下床。有时候手指还会突然颤抖。这些症状都没有随着时间而改善,让佳南意识到衰老已经开始了。她更不喜欢在体检中揭示这一点。自己一个人知道就行了。如果让时雄知道,天晓得他会是什么感觉。这也让佳南很担忧。

时雄总是说自己要在家里看护将会先过世的佳南,说她不用去关怀房。临终前还要请几个月的假陪她。从年轻时就一直这么说。

对他隐瞒自己的衰老,大概不公平吧。不管什么事情,都会作为两个人的问题来解决。他们一直是这样生活的。

回到家,时雄让佳南坐到上座。除了甜橙蛋糕,还有今天起了个大早准备的诸多饭菜。

"很高兴今年也能再次庆祝这一天。"

时雄深情地说,坐到桌边。佳南露出微笑。

她觉得如果宣布说明年、后年还能这样庆祝,有点不负责任。

九年前,佳南以为留给自己的时间还很长。将近十年的岁月里,能和自己最喜欢的人一起度过,佳南很高兴。然而过去的时间多么短暂啊。

九年转瞬即逝。十四岁的佳南,和二十三岁的佳南,肉体与精神都有了极大的变化。

"很好吃的样子,可以吃吗?"

"嗯,当然。"

佳南一边大口吃着饭菜,一边想,在不久的将来,自己会抛下心爱的丈夫,与世长辞。背后已经传来了死亡的脚步声。谁也不知道那会在何时到来。自己能够冷静地迎接那一天吗?还有,在剩下的日子里,自己又会给丈夫带去多大的负担呢?

如果可以的话,佳南很想和丈夫一起活下去。想要活得更久,接近他的寿命。

如果能活得更长,就可以做更多的工作。佳南没有生孩子，因而职业生涯也没有被打断，一路升到了对于女性来说相当重要的职位。也许还能学会新的技能。

也可以和时雄去旅行。探访从未去过的地方，品尝从未吃过的料理。那会满足佳南永不消退的好奇心吧。

还可以读许多许多书。这座房子里的藏书太多了，佳南怎么都读不完。和时雄坐在一起读书，是最为幸福的时光。寿命越长，那幸福就会积累得越多。

然而，佳南已经没有多少时间了。

（真羡慕呀……）

这句没说出口的话，是佳南的真心话。她很羡慕身为长寿种的时雄。他还有很长时间。佳南死后，他还有十年、二十年的时间。他的人生充满可能性。

如果没有和长寿种生活在一起，可能到死也不会有这样的想法吧。但是现在，佳南开始憧憬旧世界的人类所具有的寿命。二十五岁的平均寿命太短了，不够了解世界，也不够表达爱意。

"佳南。"

时雄喊了她一声，佳南这才意识到自己停下了用餐。

"是不是做得太多了？不用勉强自己。"

"没有那回事！时雄先生亲手做的饭菜很好吃！做多少我都能吃光！"

佳南故意用夸张明快的语气说，大口大口把眼前的饭菜送进嘴里。她不想显得没有精神，因为不想让时雄担心。

"在这个世界上，我最喜欢的就是时雄先生做的饭了。对了，以前做过西红柿炖牛肉，我一直还想吃。能点吗？"

"知道了。这次体检结束，我就给你做。"

"那就是下周哦，我们说好了。"

佳南明快地说完，继续吃饭。

体检是在中央一区的研究机构里做，这似乎是因为佳南是长寿种的配偶。听说时雄的父亲也在这里工作，不过佳南没有见过，以后也不会见到吧。时雄似乎不愿意佳南和父亲碰面。

总之，体检过程一如既往。主治医生秋草据说是已经年过六旬的长寿种，也担任过时雄和妹妹樱子的主治医生。

"你的症状包括视力模糊、手足麻痹和颤抖对吧？从血液的数据也能看出衰老的征兆。"

秋草医生说。短寿种和长寿种的衰老并不相同。短寿种是因为毒素积累导致身体机能衰退，外表上没有变化，但身体从内部开始崩溃。佳南瞥了一眼旁听的时雄，然后又望回秋草医生。

"很快吗?"

"你下个月二十四岁,算是正常吧。衰老的进程因人而异,接下来每个月都请来做体检。"

之前是三个月一次的体检,变成了每个月一次。虽然说是观察随访,但还是给出了衰老开始的诊断结论。身边的时雄从刚才开始就表情僵硬,他在想什么呢?

"知道了。那么下个月再来打扰了。"

佳南低头致谢。

"去一趟波拿巴咖啡馆再回去吧。"

研究机构位于一区的中心,靠近行政府的办公楼。办公楼后面有家佳南很喜欢的咖啡馆。来一区体检,或者陪时雄过来办事的时候,总会去一趟。绕过行政府办公楼,来到波拿巴咖啡馆。佳南小时候所在的儿童之家,还有学校和宿舍也都在这附近。

"可以给午餐加块蛋糕吗?"

"嗯。"

"上周刚吃过甜橙蛋糕,今天吃布丁吧。"

"可以的。"

佳南表现得很开朗,但时雄的回应很敷衍。

"时雄先生,我还好好的呢,所以不用那么担心啦。还早呢。"

佳南从椅子上站起来,身体前倾,双手包住时雄的脸颊，让时雄看着自己，和自己四目相对。时雄的黑眼睛显得很忧郁，但当他看到佳南的时候，又仿佛恢复了往日的光芒。

"夫妻在一起享受快乐的时候，就应该全心全意地享受。如果被焦虑干扰了这样的时光，那不是太可惜了吗？"

"你说得对，佳南。"

时雄的笑容看起来很勉强。佳南能做的只有摆出精神十足的样子，不要让丈夫感到不安。正因为如此，她必须笑。不能流露出丝毫的不安和羡慕。

体检后的第二天早上，佳南被透过窗帘的阳光唤醒。今天是休息日，为了好好休息，她没有设闹钟。她和时雄睡在同一间卧室的双人床上。这是九年前两人心意相通之后新买的。虽然决定不生孩子，但和时雄之间还是有性行为。而且两个人发誓，只要能在一起，睡着的时候也会陪伴在彼此身边。

"佳南，早啊。"

时雄在床头柜上准备了红茶。休息天偶尔会有这样的服务，但时雄今天应该上班才对。

"时雄先生，早上好。上班还赶得及吗？"

"我请假到下午再去。想和你聊一聊。"

要聊什么呢?这么急迫吗?佳南坐起上半身,接过茶杯,送到嘴边。

"可以给我生个孩子吗?"

听到时雄口中说出这句话,佳南不禁移开红茶,抬起头来。一脸难以置信的表情。

"我希望佳南生下我的孩子。"

"为什么……为什么说这个?"

佳南皱起眉头,痛苦地问。那是两个人的决定:不要孩子。两个人相依为命。

那是静谧的誓言。

对时雄而言,不生孩子是对所爱之人的怀念,也是对父亲的复仇吧。正因为理解他痛苦的内心,所以佳南也同意不生孩子。

但佳南并不是不想要孩子。对于怀孕分娩的经历、成为母亲的喜悦,她都怀有期待和希望。想和深爱的人生孩子,这是非常自然的欲求。

把那些欲求轻易抛弃,就这样活到现在,一切都是为了时雄。

"我很害怕。很没出息吧。"

时雄低下头,挤出这样一句。

"我害怕你的衰老,害怕你丢下我一个人走。如果没有你,我在这世上就是孤零零的一个人了……我想要一个你的遗物。"

"就算我生了孩子,半年后也会送去儿童之家,不会在你身边。"

"我会去找父亲谈谈。我会答应回去做研究者。"

时雄抬起头,一脸期待地凝视着佳南。佳南坚定地摇了摇头。

"不一定会是长寿种。那样的话,那孩子也会丢下你离去的。时雄先生,你还是会孤身一人。那可不行哦。"

"那也没关系。你,你给我的人生带来了明亮的光芒……我不想一个人送走你。"

泪水从时雄的眼中滴落。佳南怔怔地注视着泪水落到地上。

"我爱你,佳南。"

共同积累的九年时光,丈夫就想如此轻易打破吗?某种难以言喻的情绪涌上心头。既非愤怒,也非空虚。与此同时,深深的悲伤浸透了佳南的全身。他还是必须活下去。即使他不愿意。

"狡猾的家伙……软弱至极的家伙。我恨你,时雄先生。"

佳南的声音嘶哑、哽咽,但她还是继续说了下去。

"我也不想死。和你在一起,我才深切感受到二十五年的寿命有多短暂。我也想和你一样活那么长。我想活下去，去看各种各样的东西。我想去感受。然而，能够继续活下去的你，竟然说出这么任性的话，玷污我们的誓言。"

佳南一边说着怨恨的话语，一边哭泣。但她终于无奈地理解了，理解了时雄即将失去的人生。

他又将品尝到一个人被抛下的孤独。长寿的代价就是要送走许多人，那是他的命运。

本想一直反抗下去，反抗这个以生孩子为目标建立起来的系统。但在最后，自己和他都逃不过爱情，以及伴随爱情而来的一切痛苦。

"我生。"

最终佳南开口说。她望着时雄微笑，泪水从她眯起的琥珀色眼眸中滴落。

"我会把遗物留给你，留给你这个狡猾又软弱的家伙。时雄先生爱我呀，非常非常爱我。在我离开之后，你最好还能有一个活下去的目标。我也希望你继续活下去。"

"佳南，对不起，真的很对不起。"

"没关系，我会努力生孩子的。不要离开我。"

"我爱你。"

佳南从床上下来，放下茶杯，伸了个懒腰，然后抱住时雄。时雄伸长手臂，紧紧地回抱佳南。真想把这一刻截取下来呀。精心保管起来，一遍又一遍地回忆。哪怕是在临死前这段短短的时间里。佳南这么想着，垂下眼眸。新的泪水又打湿了脸颊。

一年后,佳南生了一个男孩。她一直没有下过病床。两个月后,佳南离开了人世。享年二十五岁零一个月。

时雄给孩子取名叫彼方,带着他搬到中央一区定居。这是佳南死后半年的事。

时雄和彼方生活在一起,同时也回到了研究者岗位。他们住在研究所内部的家属楼里,白天把彼方交给保姆,自己专心于研究工作。时雄原本的研究课题是继承父亲的延寿研究,但他不想继续从事和父亲相同的研究领域,在秋草医生的指导下,转而去做了老龄期的临终关怀工作。

由于父亲刚刚被调去海外的研究机构,时雄没有机会带彼方见父亲。父亲也没有联系他。这也是一种幸运。

"彼方是长寿种。"

这是在彼方年满一岁的时候,体检时秋草医生说的。秋草医生牵着彼方的手,把只套了尿片的他送回来。时雄迅速给他穿上内衣。

"这样啊。"

时雄也不知道自己是松了一口气,还是更加迷茫了。自己的孩子也要品尝长寿种的痛苦和原罪了。

彼方小小的腿在时雄腿上蹬着,嘴里发出"啊——

呀——"的可爱叫声。好像是因为来到了个很新鲜的地方，心情很好。

"我会向父亲报告彼方是长寿种的消息，但不会把彼方交给他。"

"嗯，我也会帮你说的。不过他向来独断专行，谁知道呢。"

"我不想再失去家人了。"

秋草医生若有所思地摸了摸胡子，然后把手机递给时雄。

"时雄，这是最近二十年来一岁婴儿的数据，仅供参考。"

时雄盯着手机画面。一眼看去，不知道是什么表格，不过很快发现那上面的字符串就是基因序列。表上还记载了各区的人数。

"这是国内具有长寿基因的婴儿数量，还有一张趋势图。可以看到增加的倾向，虽然很小。"

时雄疑问似的抬起头来。

"你是说，今后长寿种将会越来越多？"

"现在还不好说，不过比你们小时候稍微增加了一些。更奇妙的是，短寿种的平均寿命也在逐渐延长。"

秋草轻轻点头，嘴角微微扬起。

"时雄，我和你一起照顾过你的家人。我自己也照顾过妻子。对我们长寿种来说，这个世界有点残酷。"

"嗯……我也这么觉得。"

"不过，总有一天，人类会战胜这个星球上肆虐的毒素。每个人都能活八十岁、一百岁的时代，也许还会到来。"

"有希望吗？"

时雄低头看着臂弯里的彼方，他的骨架很结实，前几天刚刚踏出人生的第一步。黑色的头发遗传了自己，琥珀色的眼睛遗传了佳南。长相同两个人都很像。

如果这个孩子生活的世界能有哪怕一丝光明的希望，作为父亲的自己该有多高兴啊。

"那也许是在遥远的未来。那时候你我都早已经过世了。"

时雄和秋草都无法找回已经失去的东西，悲伤和寂寞也不会消失。但是，至少可以将希望寄托在下一代的身上。

下个月是佳南的生日，再下个月是佳南的忌日。时雄双手插到彼方的腋下，把他高高举起。彼方呀呀地笑了。

"向妈妈汇报一声吧，你的未来。"

中央十区森林中的老房子。黎明时分。

门前放着一个大大的行李包，里面塞满了东西。登山鞋可以让人在荒凉的山路上走很久也不累。鞋码和时雄一样。

借着门口的灯光，时雄把刚刚做好的三明治放进纸袋里。

"爸爸，随便吃点就行了，不用专门做。"

儿子从楼梯上走下来说。十五岁的彼方，身高已经和时雄差不多了。他骨架宽大，肌肉结实，是个很帅气的年轻小伙。近乎漆黑的头发，琥珀色的眼睛，端正的五官。不管是不是自己的儿子，时雄都觉得彼方长得很有男子气。

"你不是喜欢吃吗？火腿、番茄、黄瓜做的三明治。"

"喜欢是喜欢。啊，加了洋茴香风味的泡菜吗？"

儿子嘴上说不要，实际上又问这种问题。时雄苦笑着说：

"当然加了。你在路上吃吧。"

"谢谢。朱诺也会很开心的。"

太阳还没升起。彼方穿上登山鞋，牢牢系上鞋带。他把大大的行李包背到肩上，站起身来。夏天太阳升得很早，时雄建议他赶第一班电车。儿子也听话地踩着时间出门。

父子俩都知道，这是一趟没有回程的旅行。

"万一遇到什么事情,你有联系方式吧。"

"嗯。不过我会避免遇到什么事情。爸爸你放心吧。"

"西区外面……"

"没事的,相信我。"

彼方强调道,伸手握住门把。那张笑脸与亡故的佳南十分相似,如同太阳般耀眼的笑容。

"长命百岁啊,爸爸。"

"嗯,你也是。"

跟在走出大门的儿子后面,时雄也走了出去。森林里还充满了夜色。这幢与佳南住过的房子,心爱的儿子要离开了。

今天,彼方要和他的恋人私奔。他们拒绝了统一政府的匹配,要逃往能和心爱之人共同生活的地方。

彼方和恋人的私奔可能很快就会被发现,希望他们能在那之前远远逃走。他们已经为此做好了准备。

协助私奔的事实一旦被公开,时雄的研究者生涯也会就此结束。几年前,时雄的父亲过世,与父亲对立的国内外研究者也都因为他儿子的身份而疏远他。只要被找到机会,时雄的立足之处必然会被剥夺。今后等待他的只有无法依靠任何人的漫长隐居。

不过,那样挺好。让彼方自由生活下去,才是无比重要的大事。

"再会了！"

下山的路上，彼方挥舞手臂大叫。周围虽然没有人家，但这趟旅程还是不能引人注意。时雄在嘴唇前竖起手指，比了个噤声的手势，彼方依然大笑着。

在转弯前，彼方又一次回头望来。琥珀色的眼睛盯着时雄。那令人怀念的色泽让时雄忍不住落泪。他挥动手臂，目送儿子离去，直到再也看不见儿子的身影。

彼方的恋人朱诺是短寿种。总有一天，彼方也会体会到和时雄一样的悲伤吧。但他肯定也会体会到一样的幸福。懂得爱与死亡，才会活下去。在遥远的彼方。

"佳南，我的任务结束了。"

时雄仰望尚未破晓的昏暗天空，喃喃自语。

他在想象彼方和朱诺的孩子，还有孩子的孩子，想象那遥远的未来。在那样的未来里，爱会更加自由吗？人生会足够漫长吗？

愿相爱者彼此结合，永生相伴。这是时雄的祈祷。

"好想在那样的世界再见到你呀。"

纤细的月牙颤巍巍地挂在杉树梢头。时雄抬头仰望，呼唤她的名字。

"亲爱的佳南。"

译后记

一般来说，我喜欢在译后记里写一些作者本人和作品本身的相关内容，算是给读者补充若干背景知识，为读者更全面地理解作品提供新的视角。

但这个策略在《如果我们将在25岁死去》这本书上遇到了一个小小的问题。砂川雨路这位作者，我之前完全没有接触过。不知道出道时间，也不知道代表作，甚至不知道其真实性别到底是不是女性。即使借着这次翻译的机会在网上搜索了一番，最终也没能找到什么关于作者本人的信息。

这位作者甚至连维基百科页面都没有！

但这绝不是因为砂川雨路这位作者的作品太少。恰恰相反，用"著作等身"来形容这位作者也不为过。因为按照我在亚马逊上查到的数据，时至今日砂川雨路已经出版了近三百部作品！

其实找不到太多个人信息的情况，偶尔也会在别的作者身上遇到。有些作者确实不喜欢透露个人信息,比如著名的科幻作家、芥川奖获得者円城塔,至今都没有公开自己的真名。砂川雨路(这个名字估计也只是笔名)大约也是同样的情况,只是隐藏得更彻底吧。

身为 i 人,我对这样的做法还是很能理解的。毕竟现在的网络更像是个是非之地,有些人又特别喜欢偷窥别人的隐私,严守自己的信息不外泄是每个新时代网民必备的生存技能。

于是我换了个思路,去问编辑怎么想到引进这本书的(顺便找机会夸赞编辑慧眼识书!)

编辑:我也忘了,好像是日方出版社群发的书讯。

好的吧。这条路也走不通。

那就看看砂川雨路的近三百部作品都是什么,从作品中寻找一些蛛丝马迹吧——

《怀孕的契约新娘~被痴心社长买下并怀上了爱情之子~》

《激情四射的 CEO 全心全意深爱我~最最讨厌的大少爷成了最佳老公~》

《离婚预定的精英警视正重新投入两年未见的热情,我快撑不住了~绝不可能放弃爱你~》

……

明白了。原来是日本晋江写手大大。

难怪这本短篇故事集的舞台明明是人类挣扎求生的末世，却能在无比残酷的背景下营造出同类作品中罕见的温馨与日常。也难怪读这本书的时候感觉有点像是在读《末世第十年》——没记错的话，后者好像也正是晋江网的作品。

二十五岁就会死去的未来世界，一切制度都不得不为"延续人类种族"这个最高目标服务。这种设定换了别的作者来写，很容易写成反乌托邦的政治性小说。要么浓墨重笔描写社会制度如何泯灭人性，要么塑造出以一己之力挑战荒谬世界的孤胆英雄形象。

但是砂川雨路的写法不一样。她（暂时假设是她吧）不写宏大叙事，不写世界如何、人类如何，写的只是普普通通的人如何在这样残酷的现实中努力过好自己的人生。这是非常珍贵的视角。毕竟当时代大潮排山倒海般涌来的时候，我们中的绝大多数人都只会像砂川雨路笔下的人物那样，在时代大潮中艰难经营自己来之不易的幸福——但没有我们这些普通人，时代大潮也无从存在。

网络上找不到太多砂川雨路个人的痕迹，或许正是这位作者故意让自己泯然众人。

我们不是能在历史上留下名字的风流人物，但我们就是历史。从这点上说,《如果我们将在25岁死去》又何尝不是岁月史诗呢?

日本晋江写手大大,感谢你记录下这些末世普通人的故事。

丁丁虫

借着这次加印的机会又搜索了一番,虽然还是没搜到作者的性别,却搜到作者又签出了一批书。然而!编辑竟然瞒着不给我!生气!

此外,有书友搜到作者在推上多次提及自己的孩子和丈夫,因此基本确定是女性作家。

丁丁虫
2024 年 11 月 1 日

WATASHITACHI WA 25 SAI DE SHINDESHIMAU
by Amemichi SUNAGAWA
© 2022 Amemichi SUNAGAWA
All rights reserved.
Original Japanese edition published by SHOGAKUKAN.
Chinese (in simplified characters) translation rights in China (excluding Hong Kong, Macao and Taiwan) arranged with SHOGAKUKAN through Shanghai Viz Communication Inc.

图书在版编目（CIP）数据

如果我们将在 25 岁死去 / (日) 砂川雨路著 ; 丁丁虫译. 北京 : 新星出版社, 2024.10 (2025.2 重印). -- ISBN 978-7-5133-5745-6

Ⅰ . I313.45

中国国家版本馆 CIP 数据核字第 20242KT810 号

如果我们将在 25 岁死去

[日] 砂川雨路 著；丁丁虫 译

责任编辑	吴燕慧	监　　制	黄艳
责任校对	刘 义	责任印制	李珊珊
封面设计	冷暖儿		

出 版 人　马汝军
出版发行　新星出版社
　　　　　（北京市西城区车公庄大街丙 3 号楼 8001　100044）
网　　址　www.newstarpress.com
法律顾问　北京市岳成律师事务所
印　　刷　北京汇瑞嘉合文化发展有限公司
开　　本　910mm×1230mm　1/32
印　　张　8.375
字　　数　154 千字
版　　次　2024 年 10 月第 1 版　2025 年 2 月第 5 次印刷
书　　号　ISBN 978-7-5133-5745-6
定　　价　56.00 元

版权专有，侵权必究。如有印装错误，请与出版社联系。
总机：010-88310888　传真：010-65270449　销售中心：010-88310811